U0403907

十八家诗钞

◎经典普及版◎

第九册

曾国藩 纂

上海大学出版社
·上海·

目　录

元遗山七律 · 一百六十二首 / 3033

卷二十四

陆放翁七律上

三百六十二首

二月二十四日作

棠梨花开社酒[①]浓，南村北村鼓冬冬。
且祈麦熟得饱饭，敢说谷贱复伤农。
崖州[②]万里窜酷吏[③]，湖南[④]几时起卧龙[⑤]？
但愿诸贤集廊庙[⑥]，书生[⑦]穷死胜侯封。

① 社酒：古时于春秋社日祭祀土神所饮之酒。② 崖州：今海南三亚一带。③ 酷吏：指秦桧的门客曹泳。④ 湖南：指南宋荆州湖南路。⑤ 卧龙：指三国时诸葛亮，此处借指抗金名将张浚。⑥ 廊庙：借指朝廷。⑦ 书生：代指陆游。

2785

新夏感事

百花过尽绿阴成，漠漠炉香睡晚晴[①]。
病起[②]兼旬[③]疏把酒，山深四月始闻莺。
近传下诏通言路[④]，已卜余年见太平。
圣主不忘初政美，小儒惟有涕纵横[⑤]。

① 晚晴：傍晚天气晴朗。② 病起：大病初愈。③ 兼旬：两旬，十天称一旬。④“近传”句：指宋高宗绍兴二十七年（1157），宋高宗下诏开放言路。陆游因曾几荐举，任浙江瑞安县主簿。⑤“圣主”“小儒”二句：表现陆游的矛盾心情，有长期的壮志难酬的反讽，也有能保家报国的欣喜之情。

留题云门草堂[①]

小住初为旬月期，二年留滞未应非。
寻碑野寺云生屦，送客溪桥雪满衣。
亲涤砚池余墨渍，卧看炉面散烟霏[②]。
他年游宦应无此，早买渔蓑[③]未老归。

① 云门草堂：陆游的书斋。陆游《山中之作》言："余书堂在云门寺西。" ② 烟霏：蒸气弥漫。③ 渔蓑：渔夫的蓑衣。这里指归隐。

寄陈鲁山〔一〕[①]

诸公贵人识面稀，胸中璀璨漫珠玑。
即今举手遮西日[②]，应有流尘化素衣[③]。
旧学极知难少贬，吾侪持此欲安归[④]？
夜来风雨空堂静，忽忆灯前语入微。

〔一〕公自注：陈时调官都下。

天下无虞国论[⑤]深，书生端合老山林。
平生力学所得处，正要如今不动心。
旧友几年犹短褐，谪官万里少来音。
愿公思此宽羁旅，静胜炎曦岂易侵[⑥]。

① 陈鲁山：浙江绍兴人，任秘书省正字，负责校雠典籍。②"即今"句：表达有才难以施展，前途茫然之感。③ 化素衣：白衣变

黑，指仕途奔波。④ 欲安归：指无处施展。⑤ 国论：有关国家社稷的讨论。⑥“静胜”句：《道德经》：“躁胜寒，静胜热，清静为天下正。”炎曦，炽烈的阳光。

度浮桥至南台

客中多病废登临，闻说南台试一寻[1]。
九轨[2]徐行怒涛上，千艘横系大江心。
寺楼钟鼓催昏晓，墟落云烟自古今。
白发未除豪气在，醉吹横笛坐榕阴。

① 一寻：寻觅一次。② 九轨：形容众多的车乘。

出县

匆匆簿领[1]不堪论，出宿聊宽久客[3]魂。
稻垅牛行泥活活，野塘桥坏雨昏昏。
槿篱护药才通径，竹笕分泉自遍村。
归计未成留亦好，愁肠[3]不用绕吴门。

① 簿领：官府的簿籍文书。② 久客：久居于外的人。③ 愁肠：此处指思念家乡。

还县

霁色清和日已长，纶巾萧散意差强[1]。

飞飞鸥鹭陂塘绿，郁郁桑麻风露香。

南陌东村初过社[2]，轻装小队似还乡。

哦诗忘却登车去，枉是人言作吏忙。

① 意差强：差强人意，大体上让人满意。② 社：古代祭祀土地神的地方。

雨晴游洞宫山[1]天庆观坐间复雨

近水松篁锁翠微，洞天宫殿对清晖。

快晴似为酴醾计，急雨还妨燕子飞。

道士昼闲丹灶冷，山童晓出药苗[2]肥。

拂床不用勤留客，我困文书自怕归。

① 洞宫山：在福建罗源县，时陆游任宁德县主簿。② 药苗：中草药植物幼苗。

送杜起莘[1]殿院出守遂宁

羽檄[2]联翩昼夜驰，臣忧顾不在边陲。

军容地密宁当议，陛下恩深不忍欺。

白简[3]万言几恸哭，青编一传可前知。
平生所学今无负，未叹还乡两鬓丝。

① 杜起莘：杜莘老，眉州青神人。杜甫十三世孙。任御史，骨鲠敢言，人称杜殿院。② 羽檄：古代军事书公文，写在檄上，插鸟羽表示万分紧急。③ 白简：古代弹劾官吏的奏折。

闻武均州[1]报已复西京[2]

白发将军[3]亦壮哉，西京昨夜捷书来。
胡儿敢作千年计，天意宁知一日回。
列圣仁恩深雨露，中兴赦令疾风雷。
悬知寒食朝陵使[4]，驿路梨花处处开[5]。

① 武均州：即武钜。知均州（今湖北光化）。② 西京：河南洛阳。③ 白发将军：指武钜。绍兴三十一年（1161），武钜乘金兵撤退时，派乡兵总辖杜隐等，乘金人内部混乱，一举收复西京洛阳。④“悬知”句：西京收复，料想清明时节为祖宗陵墓扫墓的朝陵使，络绎不绝。悬知：料想。寒食：清明节前一日或二日。⑤“驿路”句：形容欣喜的心情。

送七兄[1]赴扬州帅幕

初报边烽照石头[2]，旋闻胡马集瓜州[3]。
诸公谁听刍荛[4]策，吾辈空怀畎亩[5]忧。

急雪打窗心共碎，危楼望远涕俱流。

岂知今日淮南路[6]，乱絮飞花送客舟。

①七兄：陆游的仲兄浚，排行七。②石头：石头城，指南京。③瓜州：即瓜洲。今江苏扬州邗江区。④刍荛：割草采薪，借指草野之人。⑤畎亩：田地；田野。⑥淮南路：扬州为淮南东路治所。

送梁谏议[1]

湖海还朝白发生，懒随年少事声名[2]。

极知忧国人谁及，细看无心语自平。

归访乡人忘位重，乍辞言责觉身轻。

篮舆避暑云门寺，应过幽居听水声〔一〕。

〔一〕自注：游有庵居在云门，流泉绕屋，谏议旧所爱赏。

①梁谏议：梁仲敏，字元功，浙江绍兴人。拜谏议大夫。②"湖海""懒随"二句：指梁元功晚年致仕居家，讲究风谊。

出都[1]

重入修门[2]甫岁余，又携琴剑返江湖。

乾坤浩浩何由报？犬马区区正自愚。

缘熟且为莲社客，伻来喜对草堂图。

西厢屋了吾真足，高枕看云一事无。

① 出都：宋孝宗隆兴元年（1163）五月，陆游被调离都城临安府（杭州），任镇江府通判。② 修门：都城门。《楚辞·招魂》："魂兮归来！入修门些。"此"修门"指郢都城门，后指京都城门。

晨起偶题

城远不闻长短更①，上方钟鼓自分明。

幽居不负秋来睡，末路偏谙②世上情。

大事岂堪重破坏，穷人难与共功名。

风炉歙钵③生涯④在，且试新寒芋糁羹。

① 长短更：指报更敲梆子的次数，少者为短，多者为长。② 谙（ān）：熟悉；懂得。③ 歙（shè）钵：歙州所产钵。④ 生涯：生计。

病中简仲弥性、唐克明、苏训直

移疾还家暂曲肱①，依然耐久北窗灯。

心如泽国②春归雁，身是云堂早过僧③。

细雨佩壶寻废寺，夕阳下马吊荒陵。

小留莫厌时追逐，胜社年来冷欲冰〔一〕。

〔一〕自注：三君皆有归志，故云。

① 曲肱：指闲适的隐居生活。② 泽国：指水乡之地，多芦苇水草，宜雁栖留。③ 云堂：指僧堂，僧众设斋吃饭和议事的地方。

秋夜读书每以二鼓①尽为节

腐儒②碌碌叹无奇，独喜遗编③不我欺。

白发无情侵老境，青灯④有味似儿时。

高梧策策⑤传寒意，叠鼓冬冬迫⑥睡期。

秋夜渐长饥作祟，一杯山药进琼糜。

① 二鼓：即二更，夜半21—23点。② 腐儒：迂腐之儒者。自谦的说法。③ 遗编：前人留下的著作。④ 青灯：光线青荧的油灯。⑤ 策策：象声词。风吹桐叶声。⑥ 迫：靠近；接近。

望江道中〔一〕

吾道①非邪来旷野，江涛如此去何之？

起随乌鹊初翻后，宿及牛羊欲下时。

风力渐添帆力健，橹声常杂雁声悲。

晚来又入淮南路，红树青山合有诗。

〔一〕此由判建康府改判隆兴府，道出望江。隆兴，今江西南昌府也。

① 吾道：儒家学说。《史记·孔子世家》："孔子知弟子有愠心，乃召子路而问曰：诗云'非兕非虎，率彼旷野'。吾道非邪？吾何为至于此？"

去年余佐京口〔一〕，遇王嘉叟从张魏公督师过焉。魏公道免相，嘉叟亦出守莆阳。近辱书报魏公已葬衡山，感叹不已，因用所遗柱颊亭诗韵奉寄

河亭[1]挈手共徘徊，万事宁非有数[2]哉？
黄阁相君三黜去[3]，青云学士[4]一麾来。
中原故老知谁在？南岳新丘[5]共此哀。
火冷夜窗听急雪，相思时取近书开。

〔一〕判建康府，故曰佐京口。

① 河亭：建在河边渡口附近的亭子，可以遮风避雨等待渡河。② 有数：天命；命运。③ 黄阁：宰相官署。此指南宋名臣张浚（1097—1164），字德远，世称紫岩先生，四川绵竹人。张浚一生屡次起落，曾两度执政，出将入相。三黜（chù）：多次被罢官。黜，即罢免；贬职。④ 青云学士：指代仕途显达者，也称“青云客”。⑤ 南岳新丘：南岳即衡山，新丘指坟墓。此指张浚葬衡山事。

自咏示客

衰发萧萧老郡丞，洪州[1]又看上元灯[2]。
羞将枉直分寻尺[3]，宁走东西就斗升[4]。
吏进饱谙箝纸尾[5]，客来苦劝摸床棱[6]。
归装渐理[7]君知否，笑指庐山古涧藤〔一〕。

〔一〕自注：庐山僧近寄藤杖，甚奇。

① 洪州：今江西南昌。乾道元年（1165）陆游任隆兴府（江西南昌）通判。② 上元灯：上元观灯。每年的农历正月十五为上

元节，古人有观灯习俗。③寻尺：八尺为寻，寻尺指微小。④斗升：斗与升，指少量，这里指微薄的俸禄。⑤箝（qián）纸尾：请上司在纸尾署名签字。这里指有职无权。⑥摸床棱：遇事不置可否，模棱两可。⑦归装渐理：归隐，隐居。

烧香

茹芝[1]却粒[2]世无方，随食江湖每自伤。

千里一身凫[3]泛泛，十年万事海茫茫。

春来乡梦凭谁说，归去君恩未敢忘。

一寸丹心[4]幸无愧，庭空月白夜烧香。

①茹芝：采食紫芝。②却粒：指辟谷，不食五谷以求长生。③凫：野鸭，常成群栖息湖泽，善游泳，能飞。④一寸丹心：微小的心意。古时认为心的大小在方寸之间。

寒食临川[1]道中〔一〕

百卉千花了不存，堕溪飞絮看无痕[2]。

家人自作清明节，老子来穿绿暗村[3]。

日落啼鸦随野祭[4]，雨余荒蔓上颓垣。

道边醉饱休相避，作吏堪羞甚乞墦[5]。

〔一〕此官南昌时诗。

①临川：今江西抚州。②“百卉”“堕溪”二句：指暮春时

节，柳絮飞舞。③ 绿暗村：晚春树木的叶子深绿，浓郁的绿阴把村庄笼罩在一片阴暗之中。④ 野祭：郊外祭祀。⑤ 乞墦（fán）：向祭墓者乞求所余酒肉。墦，即坟墓。

寄别李德远[①]

萧萧风雨临川驿，邂逅连床若有期[②]。

自起挑灯贪夜话，急呼索饭疗朝饥〔一〕。

即今明月共千里[③]，已占深林巢一枝[④]。

惜别自嫌儿女态[⑤]，梦骑羸马度芳陂〔二〕[⑥]。

〔一〕自注：皆记前日相从时事。　〔二〕自注：德远所居名秫陂。

① 李德远：李浩，字德远，临川人。绍兴十二年（1142）进士。官太常寺主簿，寻兼光禄寺丞。②“邂逅”句：记相遇时的情景。连床，同榻或并榻而卧。多形容情深谊笃。若有期，若有约定。③“即今”句：指对月怀人。④“已占”句：祝福友人。⑤“惜别”句：宽慰友人。⑥ 芳陂（bēi）：芳草如茵的山坡。

李侯[①]不恨世卖友[②]，陆子[③]那须钱买山[④]。

出牧君当千里去，归耕我判一生闲。

中原乱后儒风替，党禁兴来士气孱[⑤]。

复古主盟须老手，勉追庆历[⑥]数公间。

① 李侯：指李德远。② 卖友：出卖朋友谋求名誉、地位。③ 陆子：指陆游。④ 买山：指归隐。《世说新语·排掉》：“支道林因人就深公买印山，深公答曰：‘未闻巢由买山而隐。’”⑤“中原”“党禁”二句：写陆游免职归家的抑郁心情。隆兴二年（1164）

陆游任镇江通判，乾道元年（1165）调任隆兴通判，乾道二年（1166）春，以“交结台谏，鼓唱是非，力说张浚用兵，免归”。陆游被罢职归家山阴。⑥ 庆历：北宋宋仁宗赵祯使用的年号，共计八年。

示儿子〔一〕

父子扶携反①故乡，欣然击壤②咏陶唐③。
墓前自誓宁非隘④，泽畔行吟未免狂。
雨润北窗看洗竹，霜清南亩课⑤剶桑⑥。
秋毫⑦何者非君赐，回首修门⑧敢遽忘。

〔一〕以下自南昌免归还家之诗。

① 反：同“返”。② 击壤：古代的一种投掷游戏，历史悠久，在尧时已出现。③ 陶唐：古帝名，即尧帝，贤明帝王。④ 隘（ài）：狭窄，引申指心胸狭窄。⑤ 课：督促做工。⑥ 剶（chuán）桑：修剪桑树枝条。⑦ 秋毫：鸟兽身上在秋天新生的细毛。比喻细微之物。⑧ 修门：国门。此指京城临安（杭州）城门。

寄龚实之正言

台省①诸公岁岁新，平生敬慕独斯人。
山林②不恨音尘远，梦寐时容笑语亲。
学道皮肤虽脱落③，忧时肝胆尚轮囷④。
至和嘉祐⑤须公了，乞向升平作幸民。

① 台省：古代代表朝廷发布政令的中枢机关，如汉尚书台、三国魏的中书省，后泛指政府的中央机构。② 山林：借指隐居。③“学道”句：指真挚之心。《禅宗颂古联珠通集》:“药山侍奉马祖三年，一日祖问:‘子近日见处作么生?’师曰:‘皮肤脱落尽。唯有一真实。’” ④ 肝胆轮囷：指气魄雄大。轮囷（qūn），高大的样子。⑤ 至和嘉祐：至和（1054—1056）是宋仁宗赵祯使用过的年号。嘉祐（1056—1063），宋仁宗使用的第九个、也是最后一个年号。

游山西村[1]

莫笑农家腊酒[2]浑，丰年留客足鸡豚[3]。

山重水复疑无路，柳暗花明又一村[4]。

箫鼓[5]追随春社[6]近，衣冠简朴古风存。

从今若许闲乘月[7]，拄杖无时[8]夜叩门。

① 山西村：地名，陆游所居山阴鉴湖三山别业附近的村庄。② 腊酒：腊月酿制的酒。农历十二月初八，是日取水酿酒，名腊酒。③ 鸡豚（tún）：丰盛的菜肴。豚，即小猪，借指猪肉。④“山重”“柳暗”二句：指山村景色优美，山水弯弯，绿柳繁茂，鲜花明艳。含有面对生活起伏和变化，始终怀抱希望的意思。⑤ 箫鼓：箫和鼓，指奏乐。⑥ 春社：立春后祭祀土地神的民俗活动。⑦ 乘月：趁着月光。⑧ 无时：不定时，随时。

残春

残春醉著钓鱼庵，花雨娱人落半岩。

岂是天公无皂白[1]，独悲世俗异酸咸[2]。

妄身似梦行当觉，谈口如狂未易缄。

已作沉舟君勿叹，年来何止阅千帆[3]。

①“岂是”句：指是非颠倒，黑白不分。②“独悲”句：指妄断曲直。③“已作”“年来”二句：自叹暮年残况。

家园小酌

旋作园庐指顾[1]成，柳阴已复著啼莺。

百年[2]更把几杯酒，一月元[3]无三日晴。

鸥鹭向人殊耐久，山林与世本无营。

小诗漫付[4]儿曹诵，不用韩公说有声[5]。

① 指顾：一指一顾之间，形容时间短暂。② 百年：一生；一辈子。③ 元：即“原”。④ 漫付：遍付；都交付。⑤ 韩公说有声：唐韩愈《石鼎联句诗序》:“有校书郎侯喜新有能诗声。”

满林春笋生无数，竟日鸬鹚来百回[1]。

衣上尘埃须一洗，酒边怀抱得频开。

池鱼往者忧奇祸[2]，社栎终然幸散材[3]。

世事纷纷心本懒，闭门岂独畏嫌猜[4]？

①“满林”“竟日”二句：化用杜甫诗句，写春日美景。唐杜甫《三绝句》:“无数春笋满林生，柴门密掩断行人。”②“池鱼”句：指祸福之相及。《吕氏春秋·必已》:“宋桓司马有宝珠，抵罪出亡。王使人问珠之所在，曰：‘投之池中。’于是，竭池而求之，无得，鱼死焉。③ 社栎（shè lì）：里中不材之木。④ 嫌猜：猜疑，嫌忌。

上虞逆旅见旧题，岁月感怀

舴艋[①]为家东复西，今朝破晓下前溪。
青山缺处日初上，孤店开时莺乱啼。
倦枕不成千里梦[②]，坏墙闲觅十年题。
漆园傲吏[③]犹非达[④]，物我区区岂足齐？

① 舴艋：即舴艋舟，形似蚱蜢的小船。② 千里梦：梦见远方的人、事、地、物。③ 漆园傲吏：即庄子，又称漆园吏。④ 达：不为世俗观念所束缚；旷达。

舜庙怀古

云断苍梧[①]竟不归，江边古庙锁朱扉。
山川不为兴亡改，风月[②]应怜感慨非。
孤枕有时莺唤梦，斜风无赖[③]客添衣。
千年回首消磨尽，输与渔舟送落晖。

① 苍梧：地名。② 风月：山间的清风明月。③ 无赖：无奈；无可奈何。

霜风

十月霜风吼屋边，布裘[①]未办一铢[②]绵。
岂惟饥索邻僧米[③]？真是寒无坐客毡[④]。

身老啸歌悲永夜⑤，家贫撑拄过凶年⑥。
丈夫经此宁非福？破涕灯前一粲然。

① 布裘：布制的绵衣。② 铢：重量单位。即一两的二十四分之一。③“岂惟”句：何止饥饿时索米于邻居僧人。④“真是”句：真是天寒时，来了客人都没有座毡。⑤ 永夜：漫长而黑的寒夜。⑥ 凶年：荒年。

独学

师友凋零①身白首，杜门②独学就谁评。
秋风弃扇③知安命，小炷留灯悟养生。
踵息④无声酣午枕，舌根忘味养晨烹。
少年妄起功名念，岂信身闲心太平。

2800

① 凋零：逝世。② 杜门：闭门。③ 秋风弃扇：借指失宠和受冷落之人。④ 踵息：道家炼气养生法，指呼吸徐缓深沉。

春日〔一〕

老夫一卧三山下，两见城门送土牛①。
贫舍春盘还草草，暮年心事转悠悠。
湖光涨绿分烟浦，柳色摇金②映市楼。
药饵③及时身尚健，无风无雨且闲游。

〔一〕二首录一。

① 土牛：用泥土制的牛。古代立春时造土牛以劝农耕，象征春耕开始。唐宋时在立春前一日以土牛入禁中，举行鞭春（即打春）仪式。② 柳色摇金：初春柳吐新芽，叶子金黄色。③ 药饵：药物。

僧房假榻[1]

过尽青山唤渡船，晚窗洗脚卧僧毡。
剩偿平日清游[2]愿，更结来生熟睡缘。
吞啄渐稀如老鹤，鸣声已断似寒蝉。
旁观莫苦嘲痴钝[3]，此妙吾宗秘不传。

① 假榻：暂时借住。② 清游：清雅游赏。③ 痴钝：愚笨迟钝。

送芮国器司业[1]

此心知我岂非天，双鬓皤然[2]气浩然。
曾见灰寒[3]百僚底，真能山立万夫前。
洛城霜重听宫漏[4]，霅水云深著钓船。
拈起吾宗安乐法，人生何处不随缘。

① 芮烨：字国器，绍兴十八年（1148）进士，除国子司业、祭酒。有名于当时，与陆游、周必大、朱熹有交往。② 皤（pó）然：头发斑白的样子。③ 灰寒：灰烬；冷灰。比喻无欲无求，心灰意冷。④ 宫漏：古代宫中计时器。

往岁淮边虏未归，诸生[1]合疏论危机。
人材衰靡[2]方当虑，士气峥嵘[3]未可非。
万事不如公论[4]久，诸贤莫与众心违。
还朝此段宜先及，岂独遗经[5]赖发挥？

① 诸生：在国子监学习的生员。芮烨为国子司业，教授太学生。② 衰靡：衰败。③ 峥嵘：卓异，不平凡。④ 公论：公正或公众的评论。⑤ 遗经：前人的经典。

晚泊〔一〕

半世无归似转蓬[1]，今年作梦到巴东[2]。
身游万死一生地，路入千峰百嶂中。
邻舫有时来乞火[3]，丛祠无处不祈风[4]。
晚潮又泊淮南岸，落日啼鸦戍堞[5]空。

〔一〕以下皆自大江溯流而上入蜀之诗。

① 转蓬：随风飘转的蓬草。② 巴东：四川。③ 乞火：求取火种。④ 祈风：向神灵求风调雨顺。⑤ 戍堞：边防的城楼。堞，城墙上凹凸状的矮墙。

吊李翰林[1]墓

饮似长鲸快吸川[2]，思如渴骥勇奔泉[3]。
客从县令初何有[4]，醉忤将军亦偶然[5]。

骏马名姬[6]如昨日，断碑乔木[7]不知年。

浮生今古同归此，回首桓公亦故阡〔一〕。

〔一〕自注：桓温冢亦在当涂。

① 李翰林：即李白。②“饮似”句：比喻豪饮。③“思如”句：指思饮，比喻迫切的欲望。④“客从”句：李白在宝应元年（762）投奔其祖叔当涂县令李阳冰。⑤“醉忤”句：写李白的事迹。《新唐书·李白传》：“白尝侍帝，醉，使高力士脱靴。”⑥ 骏马名姬：指李白当年在长安任翰林供奉的生活。⑦ 断碑乔木：指李白墓的荒寂。

黄州

局促[1]常悲类楚囚[2]，迁流[3]还叹学齐优[4]。

江声不尽英雄恨，天意无私草木秋。

万里羁愁添白发，一帆寒日过黄州。

君看赤壁终陈迹，生子何须似仲谋[5]。

① 局促：拘谨，不自然的状态。② 楚囚：春秋时被俘到晋国的楚人钟仪。后泛指被囚禁的人。③ 迁流：时间迁移流动。④ 齐优：齐国的淳于髡，楚国攻打齐国，淳于髡到赵国求援，赵王出兵，楚军因而主动撤退。⑤“君看”“生子”二句：三国赤壁之战，孙刘联合击败曹军。苏轼作《赤壁赋》，在黄州赤鼻矶，陆游沿用其说。仲谋：孙权。曹操曰：“生子当如孙仲谋。”

武昌感事

百万呼卢[1]事已空，新寒拥褐一衰翁。
但悲鬓色成枯草，不恨生涯似断蓬。
烟雨凄迷云梦泽[2]，山川萧瑟武昌宫[3]。
西游[4]处处堪流涕，抚枕悲歌兴未穷。

① 百万呼卢：呼卢，即古代一种赌博游戏。共有五子，全黑称“卢”，得胜。掷子时，高声呼喊叫，希望得卢，故称“呼卢”。百万呼卢指刘裕呼卢，代指政治军事上的非凡作为。② 云梦泽：位于湖北江汉平原上，亦泛指古代湖泊群。③ 武昌宫：东吴的皇宫。④ 西游：陆游于乾道六年（1170）从山阴西行赴夔州。陆游《入蜀记》载：“吴所都武昌，乃今武昌县。此州在吴名下口，亦要害。”

哀郢[1]

远接商周祚最长，北盟齐晋势争强[2]。
章华[3]歌舞终萧瑟，云梦风烟旧莽苍。
草合故宫惟雁起，盗穿荒冢有狐藏。
离骚未尽灵均恨[4]，志士千秋泪满裳[5]。

① 郢（yǐng）：楚都城，在湖北省江陵。②“远接”“北盟”二句：楚国远承商周国祚，历史悠久。楚国与北方的齐国、晋国结盟，抵抗强秦。③ 章华：即章华台，楚国的一座离宫，当时被誉为“天下第一台”。④“离骚”句：楚国大臣屈原，遭贵族排挤，被流放，作《离骚》自伤明志。屈原字灵均。⑤“志士”句：化用杜甫《蜀相》：“出师未捷身先死，常使英雄泪满襟。”

荆州十月早梅春，徂岁[①]真同下阪轮[②]。
天地何心穷壮士，江湖从古著羁臣[③]。
淋漓痛饮长亭暮，慷慨悲歌白发新。
欲吊章华无处问，废城霜露湿荆榛[④]。

① 徂岁：指光阴流逝。徂，即往；去。② 下阪轮：下坡的车轮，此指用以形容时光飞逝。③ 羁臣：羁旅流放的臣子。④ 荆榛：丛生灌木，形容荒芜情景。

塔子矶

塔子矶前艇子[①]横，一窗秋月为谁明？
青山不减年年恨，白发无端日日生。
七泽[②]苍茫非故国，九歌[③]哀怨有遗声。
古来拨乱非无策，夜半潮平意未平。

① 艇子：小船。② 七泽：相传战国楚有七处沼泽。此处泛指楚地。③ 九歌：屈原作《九歌》十一篇。即《东皇太一》《云中君》《湘君》《湘夫人》《大司命》《少司命》《东君》《河伯》《山鬼》《国殇》《礼魂》。

水亭有怀

渔村把酒对丹枫[①]，水驿[②]凭轩送去鸿。
道路半年行不到，江山万里看无穷。

故人草诏九天上，老子题诗三峡中。
笑谓毛锥[3]可无恨？书生处处与卿同。

① 丹枫：枫树，枫叶经霜泛红，故称。② 水驿：水路驿站。③ 毛锥：毛笔。

虾蟆碚[1]

不肯爬沙[2]桂树边，朵颐[3]千古向岩前。
巴东峡里最初峡，天下泉中第四泉。
啮雪饮冰疑换骨[4]，掬珠弄玉可忘年。
清游自笑何曾足，叠鼓冬冬又解船[5]。

① 虾蟆碚（há ma bèi）：在夷陵县（今宜昌）之南，凡出蜀者必酌水以瀹茗，陆羽第其水品为第四。② 爬沙：缓慢爬行。③ 朵颐：鼓动腮嚼食。④ 换骨：服食酒、丹等使化骨。⑤ 解船：开船。

新安驿

孤驿荒山与虎邻，更堪风雪暗南津。
羁游如此真无策，独立凄然默怆神[1]。
木盎[2]汲江人起早，银钗簇髻女妆新。
蛮风敝恶蛟龙横，未敢全夸见在身[3]。

①怆神：悲戚伤心。②木盎（àng）：古代一种木质腹大口小的器皿。③“未敢”句：不敢说已经全部亲身见到。

秭归醉中怀都下诸公示坐客

长谣[①]为子说天涯，四座[②]听歌且勿哗。
蛮俗杀人供鬼祭[③]，败舟触石委江沙。
此身长是沧浪客[④]，何日能为饱暖家。
坐忆故人空有梦，尺书不敢到京华[⑤]。

①长谣：放声高歌。②四座：围坐在四周的人。③鬼祭：祭鬼的节日。比如清明节、中元节或寒衣节。④沧浪客：浪迹江湖的人。⑤京华：京城。

憩归州光孝寺，寺后有楚冢，近岁或发之，得宝玉剑佩之类

秭归城畔踢斜阳，古寺无僧昼闭房。
残珮断钗陵谷[①]变，苦茅架竹井闾[②]荒。
虎行欲与人争路，猿啸能令客断肠。
寂寞倚楼搔短发，剩题新恨付巴娘[③]。

①陵谷：陵墓。②井闾：村落。③巴娘：巴中的民间歌女。

巴东令廨[1]白云亭

寇公[2]壮岁落巴蛮，得意孤亭缥缈间。

常倚曲栏贪看水，不安四壁怕遮山。

遗民虽尽犹能说，老令初来亦爱闲。

正使[3]官清贫至骨[4]，未妨留客听潺潺。

① 廨（xiè）：古代官吏办公的地方。② 寇公：寇准，字平仲，华州下邽（今陕西渭南）人。曾任巴东县令。③ 正使：纵使；即使。④ 贫至骨：贫穷到骨，指非常贫穷。⑤ 潺潺：流水声。

登江楼

已过瞿唐更少留，小船聊系古夔州[1]。

簿书[2]未破三年梦，杖屦[3]先寻百尺楼。

日暮雪云迷峡口，岁穷畬火[4]照关头。

野人不解微官缚[5]，尊酒应来此散愁。

① 夔州：古地名，今重庆奉节。② 簿书：官方的文书簿册。③ 杖屦：拄杖行走。④ 畬（shē）火：烧畬的火光。畬，即烧荒种田。⑤ 微官缚：小官脱不了（劳形）。此句化用杜甫《独酌成诗》："共被微官缚，低头愧野人。"

雪晴

腊尽[①]春生白帝城，俸钱[②]虽薄胜躬耕。
眼前但恨亲朋少，身外[③]元知得丧轻。
日映满窗松竹影，雪消并舍[④]乌乌声。
老来莫道风情[⑤]减，忆向烟芜[⑥]信马行。

① 腊尽：岁末年终。② 俸钱：官俸，官吏所挣的薪资。③ 身外：自身之外。古代士人们常把功名利禄看作是身外之物。④ 并舍：邻舍；邻居。⑤ 风情：情怀；意趣。⑥ 烟芜：烟雾蒙蒙的草地。

玉笈斋书事

莫笑新霜[①]点鬓须，老来却得少工夫。
晨占上古连山易[②]，夜对西真五岳图[③]。
叔夜曾闻高士啸，孔宾岂待异人呼？
眉间喜色谁知得？今日新添火四铢。

① 新霜：白霜。这里指白发。② 连山易：即《连山》，古人将《连山》与《归藏》《周易》并称为“三易”。③ 西真五岳图：道教的重要符箓，据称佩戴可免灾致福。西真，即西王母。

雪霁[①]茅堂钟磬[②]清，晨斋枸杞一杯羹。
隐书[③]不厌千回读，大药何时九转[④]成。
孤坐月魂寒彻骨，安眠龟息[⑤]浩无声。
剩分松屑[⑥]为山信，明日青城有使行[一]。

〔一〕自注：时傅道人欲归青城。

①雪霁（jì）：雪停止，天色放晴。②钟磬（qìng）：指钟、磬发出的声音。③隐书：旨意玄隐的书。多指道家之书。④九转：道教认为炼丹有一至九转之别，以九转为贵。⑤龟息：道教语，长生修炼法，呼吸时调息如龟，而能长生。⑥松屑：松子。

山寺

篮舆送客过江村，小寺无人半掩门。
古佛负墙尘漠漠，孤灯照殿雨昏昏。
喜投禅榻聊寻梦，懒为啼猿更断魂[①]。
要识人间盛衰理，岸沙君看去年痕[②]。

①“懒为”句：指猿声凄清。②“要识”“岸沙”二句：人世盛衰兴旺，就如同大浪滚滚，潮涌潮落，时时变化，沙岸不留陈迹。

寒食

峡云烘[①]日欲成霞，瀼水生纹浅见沙。
又向蛮方作寒食，强持卮酒[②]对梨花。
身如巢燕年年客[③]，心羡游僧处处家[④]。
赖有春风能领略，一生相伴遍天涯。

①烘：渲染；衬托。②卮酒：酒。卮，指盛酒器，代指酒。③年年客：多年在异乡为客。④处处家：四海为家，了无牵挂。

乡中每以寒食立夏之间省坟，客夔适逢此时，凄然感怀

松阴系马启朱扉[①]，粔籹[②]青红正此时。

守墓万家犹有日，及亲三釜[③]永无期。

诗成谩写天涯感，泪尽何由地下知。

富贵贱贫俱有恨，此生长废蓼莪[④]诗。

①朱扉：红漆门。②粔籹（jù nǚ）：古代的一种食品，颜色鲜艳。③及亲三釜（fǔ）：父母健在，俸禄三釜。釜，古代量器。④蓼莪（lù é）:《诗经·小雅·蓼莪》:“蓼蓼者莪，匪莪伊蒿。哀哀父母，生我劬劳。”

手持绿酒酹苍苔[①]，今岁何由匹马[②]来?

清泪不随春雨断，孤吟欲和暮猿哀[③]。

皂貂[④]破敝归心切，白发凄凉老境催。

誓墓[⑤]只思长不出，松门日日手亲开。

①苍苔：青色苔藓。②匹马：指孤身一人。③暮猿哀：日暮猿啼声凄切。④皂貂：指用黑貂毛皮制成的袍服。⑤誓墓：墓前发誓。《晋书·王羲之传》载王羲之称病辞官，在父母墓前自誓。誓墓后借指归隐辞官。

自咏

朝衣[①]无色如霜叶，将奈云安别驾[②]何？

钟鼎山林[③]俱不遂，声名官职两无多。

低昂未免闻鸡舞[④]，慷慨犹能击筑歌[⑤]。

头白伴人书纸尾[⑥]，只思归去弄烟波[⑦]。

① 朝衣：古代官员上朝时所穿的礼服。② 云安别驾：夔州云安县通判，陆游自谓。别驾，唐时指州长吏，宋史通判职任似别驾。③ 钟鼎山林：指朝廷高官重任和江湖山野隐居。④ 闻鸡舞：祖逖闻鸡起舞，比喻有志报国。⑤ 击筑歌：击筑悲歌，《战国策·燕策》:“高渐离击筑，荆轲和而歌。”形容侠义之士的慷慨豪侠行为。陆游力主抗金，所以自比抗秦的荆轲、高渐离。⑥ 书纸尾：指居官有职无权，屈从他人。⑦ 烟波：指遁世隐居江湖。

初夏怀故山

镜湖四月正清和[①]，白塔红桥小艇过。

梅雨晴时插秧鼓[②]，蘋风生处采菱歌。

沉迷簿领[③]吟哦少，淹汩蛮荒感慨多。

谁谓吾庐六千里，眼中历历见渔蓑[④]。

① 清和：天气清明和暖。② 秧鼓：乐器。又称腰鼓、杖鼓。以一杖击打的细腰鼓。③ 簿领：古代官府记事的文书或簿册。④ 渔蓑：渔人的蓑衣。这里指打鱼人。

晚晴闻角有感

暑雨初收白帝城，小荷新竹夕阳明。

十年尘土青衫色[①]，万里江山画角声。

零落亲朋劳远梦，凄凉乡社[②]负归耕。

议郎博士多新奏，谁致当时鲁二生。

①青衫色：指青黑色。青衫，泛指官职卑微。②乡社：村社；村落。

夜登白帝城楼怀少陵先生[①]

拾遗白发有谁怜，零落歌诗遍两川。

人立飞楼今已矣，浪翻孤月尚依然[②]。

升沉自古无穷事，愚智同归有限年。

此意凄凉谁共语[③]，夜阑鸥鹭起沙边[④]。

①少陵先生：即杜甫，号少陵野老，至德二年（757）杜甫到凤翔（今陕西宝鸡）投奔肃宗，被授为左拾遗，故世称“杜拾遗”。②“人立”“浪翻”二句：写怀杜甫。化用杜诗见杜甫《白帝城最高楼》：“城尖径仄旌旆愁，独立缥缈之飞楼。”《宿江边阁》：“薄云岩际宿，孤月浪中翻。”③“此意”句：孤寂冷落的心情无人来说。④“夜阑”句：写怀杜甫，化用杜甫《旅夜书怀》：“细草微风岸，危樯独夜舟。……飘飘何所似，天地一沙鸥。”

假日书事

万里西来[1]为一饥，坐曹[2]日日汗沾衣。

但嫌忧畏[3]妨人乐，不恨疏慵与世违。

雕槛迎阳花并发，画梁避雨燕双归。

放怀始得闲中趣，下马何人又叩扉。

① 西来：陆游是越州山阴（今浙江绍兴）人，作此诗在夔州，故说“西来”。② 坐曹：官吏在官署办公。曹，即古代分科办事的官署。③ 忧畏：忧虑畏怯。

追怀曾文清公[1]，呈赵教授，赵近尝示诗

忆在茶山听说诗，亲从夜半得玄机[2]。

常忧老死无人付，不料穷荒见此奇。

律令合时方帖妥，工夫深处却平夷[3]。

人间可恨知多少，不及同君叩老师[4]。

① 曾文清公：曾几。陆游《曾文清公墓志铭》:“公讳几，字吉甫，其先赣人，徙河南之河南县（今河南洛阳）。”②“忆在”“亲从”二句：陆游师从江西派著名诗人曾几。茶山，宋南渡后，曾几曾寓居江西上饶茶山广教寺，世称曾茶山，有《茶山集》传世。玄机：深奥微妙的义理。这里指江西诗派强调的“夺胎换骨”“点铁成金”等理论。③“律令”“工夫”二句：指陆游的作诗法。陆游学江西诗派而继承发展，提倡平淡自然的写作方法。④“不及”句：指陆游遗憾的是老师在世时没来得及去看望，如今生死两隔。

初冬野兴

关北关南霜露寒，瀼东瀼西山谷盘。

簟纹[①]细细吹残水，鼋[②]背时时出小滩。

衰发病来无复绿[③]，寸心老去尚如丹。

逆胡未灭时多事，却为无才得少安[④]。

① 簟纹：席纹。簟，即竹席。② 鼋（yuán）：又称癞头鼋，爬行动物，生活在深水中。背甲近圆形，暗绿色。③ 绿：引申为颜色昏暗，乌黑色。乌黑色在古诗词中常用来形容鬓发和眉毛。④“却为”句：指以不材得终其天年。反语。

醉中到白崖而归

醉眼朦胧万事空，今年痛饮瀼西东。

偶呼快马迎新月，却上轻舆[①]御[②]晚风。

行路八千常是客，丈夫五十未称翁[③]。

乱山缺处如横线[④]，遥指孤城翠霭中。

① 轻舆：轻便的轿子。② 御：指临风。③“丈夫”句：古人以五十岁尚不足以称翁。丈夫，成年男子。翁，对老者的尊称。④ 横线：两山壁夹峙，缝隙所见蓝天如一横线。

过广安吊张才叔[①]谏议

春风匹马过孤城，欲吊先贤涕已倾。

许国肺肝知激烈，照人眉宇尚峥嵘[②]。

中原成败宁非数，后世忠邪自有评。
叹息知人真未易，流芳遗臭尽书生[3]。

① 张才叔：名廷坚，北宋广安人。宋徽宗时任右正言，正言为谏官。②“许国”“照人”二句：赞张廷坚忠贤直言。③“流芳”句：此处“流芳”指张廷坚，“遗臭”指蔡京。《晋书·恒温传》：“既不能流芳后世，亦不足复遗臭万载耶？”

柳林酒家小楼

桃花如烧[1]酒如油[2]，缓辔[3]郊原当出游。
微倦放教成午梦，宿酲留得伴春愁。

远途始悟乾坤大[4]，晚节偏惊岁月遒[5]。
记取清明果州路，半天高柳小青楼。

① 桃花如烧：桃花繁盛的样子。烧，指鲜明。② 酒如油：酒像油一样滑润。③ 缓辔：执辔缓缓行驰。辔，即缰绳。④ 乾坤大：天地广阔。⑤ 遒（qiú）：急促；匆匆。

送刘戒之[1]东归

去国[2]三年恨未平，东城况复送君行。
难凭魂梦寻言笑，空向除书[3]见姓名。
残日半竿斜谷路[4]，西风万里玉关情[5]。
兰台粉署[6]朝回晚，肯记粗官[7]数寄声。

〇五六句言迹今虽在斜谷，情已若出玉关也。

① 刘戒之：刘三戒，字戒之，吴兴人。陆游友人，乾道中，与陆游同在宣抚使幕中。② 去国：离开京都。③ 除书：授拜官职的文书。④ 斜谷路：褒斜谷道，沟通秦岭南北的要道。褒斜，汉中谷名。⑤ 玉关情：戍边征人思乡之情。玉关，即玉门关。⑥ 兰台粉署：指朝廷的公务机关。兰台，秘书省的别称。粉署，尚书省的别称。⑦ 粗官：原指武官，又节度使别称。陆游谦辞。

寄邓公寿[1]

高标[2]瑶树与琼林[3]，灵府[4]清寒出苦吟。

海内十年求识面，江边一见即论心。

纷纷俗子常成市，亹亹[5]微言孰赏音。

闻道南池梅最早，要[6]君携手试同寻。

① 邓公寿：邓椿，字公寿，南宋双流（今四川成都）人。著有《画继》。② 高标：超群出众。③ 瑶树与琼林：树与林的美称。称赞人的出类拔萃。④ 灵府：心灵，心襟。⑤ 亹亹（wěi）：谈论吸引人，使人不知疲倦。⑥ 要：同“邀”，约请。

简章德茂[1]

殊方[2]邂逅岂无缘？世事多乖[3]复怅然。

造物无情吾辈老，古人不死此心传。

冷云黯黯朝横栈[4]，红叶萧萧[5]夜满船。

个里[⑥]约君同著句，不应输与灞桥边[⑦]。

① 章德茂：名森，字德茂，四川绵竹人。淳熙十五年（1188）知建康（兼江苏南京）府。② 殊方：远方，异域。③ 多乖：多违背。④“冷云”句：早上乌云堆叠如栈道。⑤ 红叶萧萧：红叶摇落声。⑥ 个里：心里。⑦“不应”句：指不输于在南郑时。陆游在南郑（陕西汉中）王炎幕府曾与章森诗歌唱和，灞桥在陕西西安，代指南郑。

阆中[①]作

残年作客遍天涯，下马长亭便似家。

三叠凄凉渭城曲[②]，数枝闲澹[③]阆中花。

襞笺授管[④]相逢晚，理鬓熏衣[⑤]一笑哗。

俱是邯郸枕中梦[⑥]，坠鞭[⑦]不用忆京华。

① 阆中：今四川阆中县。②“三叠”句：即《阳关三叠》，又称《渭城曲》。③ 闲澹：闲静淡雅。④ 襞（bì）笺授管：裁纸提笔作诗。⑤ 理鬓熏衣：歌女梳妆打扮。⑥ 邯郸枕中梦：即黄粱一梦，比喻虚幻的美好梦想，终究一场空。⑦ 坠鞭：陆游写早年的冶游生活。典出唐白行简《李娃传》：郑生迷恋名妓李娃的秀丽姿色，诈坠鞭于地，故意留驻，注视李娃。

挽住征衣为濯尘[①]，阆州斋酿[②]绝芳醇。

莺花旧识非生客，山水曾游是故人。

遨乐无时冠巴蜀，语音渐正带咸秦[③]。

平生剩有寻梅债，作意[④]城南看小春[⑤]。

①濯尘：洗掉灰尘。②斋酿：官坊酿造的酒。③咸秦：秦都城咸阳，此处指陕西西安。④作意：加意，特意。⑤小春：即十月阳和，小春天气。

驿亭小憩遣兴

淡日微云共陆离[①]，曲阑危栈出参差[②]。
老松临道阅千载[③]，杜宇号山连四时。
汉水东流那有极？秦关北望不胜悲。
邮亭下马开孤剑，老大功名颇自期。

①陆离：色彩绚丽繁杂。②参差：不齐貌，长短、高低不齐的样子。③千载：形容岁月长久。

自笑

自笑谋生事事疏，年来锥与地俱无[①]。
平章[②]春韭秋菘味，拆补天吴紫凤图[③]。
食肉[④]定知无骨相[⑤]，珥貂[⑥]空自诳头颅。
惟余数卷残书在，破箧萧然笑獠奴。

①锥与地俱无：形容贫穷。《祖堂集·香严和尚章》载香严造偈曰："去年未是贫，今年始是贫；去年无卓锥之地，今年锥亦无。"②平（pián）章：辨别章明。③天吴紫凤图：印花的衣服图案。天吴，传说中的神兽。紫凤，花鸟。④食肉：吃别人的酒饭，

借指做官。⑤ 骨相：相学考定九骨，辨人命禄。⑥ 珥貂：插戴貂尾，指显赫的官。

三泉驿舍

残钟断角度黄昏，小驿孤灯早闭门。
霜气峭深[1]摧草木，风声浩荡[2]卷郊原。
故山有约频回首，末路无归易断魂。
短鬓萧萧不禁白，强排幽恨[3]近清樽。

① 峭深：寒意很深。② 浩荡：形容水汹涌壮阔，此指风呼啸翻卷。③ 幽恨：深埋心中的遗憾。

嘉川铺得檄遂行，中夜次小柏

黄旗传檄趣[1]归程，急服单装破[2]夜行。
肃肃霜飞当十月，离离斗转欲三更。
酒消顿觉衣裘薄，驿近先看炬火迎。
渭水函关[3]元不远，着鞭无日涕空横。

① 趣：催促。② 破：开始；进入。③ 渭水函关：渭水，即是黄河的最大支流，经陕西如黄河。函关，即函谷关，在今河南省三门峡市。皆指中原地区。

归次汉中境上

云栈屏山阅月[1]游，马蹄初喜蹋梁州[2]。
地连秦雍[3]川原壮，水下荆扬[4]日夜流。
遗虏孱孱[5]宁远略，孤臣耿耿独私忧。
良时[6]恐作他年恨，大散关[7]头又一秋。

①阅月：经一月。②梁州：古九州之一。此指南郑，即陕西汉中。③秦雍：古秦地。指陕西西安一带。④荆扬：长江中下游地区。⑤孱孱：软弱怯懦，无所作为。⑥良时：美好的时光；吉时。⑦大散关：为川陕咽喉，在今陕西宝鸡。

2821

书事

生长江湖[1]狎钓船，跨鞍塞上亦前缘。
云埋废苑呼鹰[2]处，雪暗荒郊射虎[3]天。
醪酒芳醇偏易醉，胡羊肥美了无膻。
扬州虽有东归日，闭置车中定怅然[4]。

①江湖：广阔的江河、湖泊，这里指南方水乡。②呼鹰：指行猎，因呼鹰以逐兽。③射虎：此处写陆游南郑从军时的生活。陆游《怀昔》:“昔者戍梁益，寝饭鞍马间……挺剑刺乳虎，血溅貂裘殷。”④怅然：不痛快的样子。

长木晚兴〔一〕

沮水嶓山①名古今，聊将行役②当登临。

断桥烟雨梅花瘦，绝涧风霜槲叶深。

末路清愁常滚滚，残冬急景易骎骎。

故巢③东望知何处，空羡归鸦解④满林。

〔一〕孝宗乾道八年壬辰，年四十八岁。

① 沮水嶓（bō）山：沮水即长江支流汉江的支流，古称其为汉水古北源。主要流经陕西汉中。嶓山即嶓冢山，在今陕西宁强县北。② 行役：因从役而出外跋涉，泛称行旅。③ 故巢：故乡。④ 解：分散。

赴成都泛舟自三泉至益昌，谋以明年下三峡

诗酒清狂①二十年，又摩②病眼看西川。

心如老骥常千里，身似春蚕已再眠。

暮雪乌奴③停醉帽，秋风白帝④放归船。

飘零自是关天命，错被人呼作地仙⑤。

① 清狂：痴狂，放逸不羁。② 摩：用手轻轻按着来回移动，即揉。③ 乌奴：即乌奴山，又名乌龙山。在今四川广元西嘉陵江边。④ 白帝：白帝城，在今重庆奉节瞿塘峡口长江北岸。⑤ 地仙：指闲散享乐的人。

宿武连县驿

平日功名浪自期[1]，头颅到此不难知。

宦情薄似秋蝉翼，乡思多于春茧丝。

野店风霜俶装[2]早，县桥灯火下程[3]迟。

鞭寒熨手[4]戎衣窄，忽忆南山射虎时。

① 浪自期：徒然地自我期许。② 俶（chù）装：整理行装。俶，整理。③ 下程：下行之时间。④ 熨手：使手感到寒冷。

绵州魏成县驿有罗江东[1]诗云“芳草有情皆碍马，好云无处不遮楼”。戏用其韵

老夫乘兴复西游，远跨秦吴[2]万里秋。

尊酒登临遍山寺，歌辞散落满江楼。

孤城木叶萧萧下，古驿滩声瀌瀌流。

未许诗人夸此地，茂林修竹[3]忆吾州。

① 罗江东：即罗隐。② 秦吴：这里指战国秦朝，三国吴国的地盘。③ 茂林修竹：茂密而高高的竹林，多指幽静秀美的风景胜地。

即事

渭水岐山[1]不出兵，却携琴剑锦官城[2]。

醉来身外穷通[3]小，老去人间毁誉[4]轻。

扪虱⑤雄豪空自许，屠龙工巧竟何成。
雅闻⑥岷下多区芋⑦，聊试寒炉玉糁羹⑧。

①渭水岐山：渭河与岐山，代指陕西军营。②锦官城：四川成都。③穷通：困厄与显达。穷，指特指困顿不得志，通，指富贵显赫。④毁誉：诋毁和赞誉。⑤扪虱：典出《晋书·苻坚载记下》附《王猛传》：王猛隐华山，恒温入关，猛被褐而诣之，一见面说当代事，扪虱而言，傍若无人。扪虱常用来指贤士言谈不凡，举止不拘小节。⑥雅闻：向来听到。⑦区芋：指芋头。⑧玉糁羹：东坡玉糁羹。苏轼被流放儋州时，以山芋充饥，生活清苦，儿子苏过作芋羹，苏东坡吃得尽兴。题"过子忽出新意，以山芋作玉糁羹，色香味奇绝，天上酥酡则不可知，人间决无此味也"。

登荔枝楼

平羌①江水接天流，凉入帘栊已似秋。
唤作主人元是客，知非吾土强登楼②。
闲凭曲槛③常忘去，欲下危梯更小留。
公事无多厨酿④美，此身不负负嘉州〔一〕⑤。

〔一〕自注：薛能诗：不负嘉州只负身。

①平羌：平羌江，即青衣江，源出于四川芦山县，流至四川乐山入岷江。②"知非"句：知道非家乡（望不到家乡），还要勉强登荔枝楼。③曲槛：曲回的栏杆。④厨酿：酒菜饮食。⑤嘉州：古地名，今四川乐山。嘉州坐落在岷江、青衣江、大渡河三江交汇处，是风景名胜地。

独游城西诸僧舍

我是天公度外[1]人，看山看水自由身。

藓崖直上飞双屐，云洞前头岸幅巾[2]。

万里欲呼牛渚月[3]，一生不受庾公尘[4]。

非无好客堪招唤，独往飘然觉更真。

① 度外：谋划之外。② 岸幅巾：推起头巾，露出前额。表示态度洒脱，无拘无束的样子。③ 牛渚月：雅兴赏月。《晋书·文苑传·袁宏》："宏有逸才，文章绝美，曾为咏史诗……谢尚时镇牛渚，秋夜乘月，率尔与左右微服泛江。会宏在舫中讽咏，声既清会，辞又藻拔，遂驻听久之，遣问焉。"牛渚，在今安徽马鞍山采石镇。④ 庾公尘：指豪门权贵的气焰。《世说新语·轻诋》："庾公（庾亮）权重，足倾王公（王导）。庾在石头，王在冶城坐，大风扬尘。王以扇拂尘，曰：'元规（庾亮字）尘污人。'"

晚登望云

一出修门又十年，辈流多已珥金蝉[1]。

衰如蠹叶秋先觉，愁似鳏鱼夜不眠。

辇路疏槐迎驾处，苑城残日泛湖天。

君恩未报身今老，徙倚危楼一泫然[2]。

① 珥金蝉：达官贵人的服饰。借指宦达之人。珥，玉石做的耳饰。金蝉，帽子上的装饰。② 泫然：流泪的样子。

晚来烟雨暗江干[1]，烽火遥传画角残。

看镜功名空自许[2]，上楼怀抱若为宽[3]。

青枫摇落新秋令，白发凄凉旧史官。
饱见少年轻宿士[4]，可怜随处强追欢。

①江干：江岸，江畔。②“看镜”句：指壮志难酬，忧愤难舒。③“上楼”句：指登高抒怀。④宿士：老成博学之士。《世说新语·方正》：“后来年少多有道深公（竺法潜，字法深）者，深公谓曰：‘黄吻年少，勿为评论宿士。’”

醉中感怀

早岁君王记姓名[1]，只今憔悴客边城。
青衫犹是鹓行[2]旧，白发新从剑外生。
古戍[3]旌旗秋惨淡，高城刁斗夜分明。
壮心未许全消尽，醉听檀槽[4]出塞声。

①“早岁”句：指南宋绍兴三十二年（1162）孝宗继位，陆游被起用，曾任枢密院编修和镇江、夔州通判等职。②鹓行（yuān háng）：指朝官的行列。③古戍：边防古老的城堡、营垒。④檀槽：以檀木制成的琵琶、琴等弦架上的槽格。指琵琶等乐器。

送客至江上

多事经旬不出城，今朝送客此闲行。
郊原外带新晴色，人语中含乐岁[1]声。

天际敛云山尽出，江流收涨水初平。

故园社友应惆怅，五岁无端弃耦耕[2]。

① 乐岁：物产丰收的年岁。② 耦耕：二人并耕。借指农事。

深居

作吏难堪簿领迷，深居聊复学幽栖[1]。

病来酒户[2]何妨小，老去诗名不厌低。

零落野云寒傍水，霏微山雨晚成泥。

自怜甫里[3]家风在，小摘残蔬绕废畦。

① 幽栖：栖止幽僻处，指隐居。② 酒户：酒量。古时称酒量大的为“大户”，小的为“小户”。③ 甫里：菜圃。甫，通“圃”（pǔ），种植瓜果蔬菜的园地。

八月二十二日嘉州大阅〔一〕

陌上弓刀拥寓公[1]，水边旌旆卷秋风。

书生又试戎衣窄，山郡新添画角雄〔二〕。

早事枢庭[2]虚画策，晚游幕府愧无功。

草间鼠辈[3]何劳磔[4]，要挽天河洗洛嵩[5]。

〔一〕王炎辟先生干办公事，是时当随王至嘉州。　〔二〕自注：郡旧止角四枝，近方增如式。

①寓公：客居在外的官僚。②枢庭：政权中枢，指朝廷。③草间鼠辈：指一般的草寇。④磔（zhé）：古代的一种刑罚。⑤洛嵩：洛阳与嵩山。指陷于金人的中原地区。

晓出城东

渺渺长江下估船[1]，亭亭孤塔隐苍烟[2]。

不堪异县萧条地，更遇初寒惨澹天[3]。

巾褐已成归有约，箪瓢[4]未足去无缘。

包羞强索侏儒米[5]，豪举[6]何人记少年。

①估船：商船。估，通“贾”。②苍烟：灰白色的云雾。③惨澹天：形容天色晦暗无光。④箪瓢：盛饭食的箪和盛水的瓢。此指饮食。⑤侏儒米：即索米长安，指小官俸禄微薄，日用不足。《汉书·东方朔传》：“朱儒长三尺余，亦奉一囊粟，钱二百四十。臣朔长九尺余，亦奉一囊粟，钱二百四十。朱儒饱欲死，臣朔饥欲死。臣言可用，幸异其礼；不可用，罢之，无令但索长安米。”⑥豪举：指豪侠或阔绰的行动。

游修觉寺

上尽苍崖百级梯，诗囊香碗手亲携。

山从飞鸟行边出，天向平芜[1]尽处低。

花落忽惊春事晚，楼高剩觉客魂迷。

兴阑[2]扫榻禅房卧，清梦还应到剡溪[3]。

①平芜：平旷的原野。②兴阑：意兴尽、结束。③剡（shàn）溪：今浙江绍兴嵊州境内主要河流。

湖上笋盛出戏作长句

䶇䶇穿苔玳瑁簪[1]，按行[2]日夜待成林。

养渠[3]百尺干霄气，见我平生及物心。

剩[4]插藩篱忧玉折，豫期风雨听龙吟[5]。

明年又徙囊衣去，谁与平安报好音。

①玳瑁簪：比喻竹笋。玳瑁，海龟科动物，背甲棕褐色，鳞缝间黄色，具光泽。②按行：按次第成行列。③渠：他；它。④剩：多。⑤龙吟：细碎的声音。此指雨打竹笋声。

宿杜氏晨起遇雨

怪藤十围蔽白日，老木千尺干青霄[1]。

水泛戛滩竹作舫，陆行跨空绳系桥。

阴阴古屋精灵语，惨惨江云蛟鳄骄。

吾道非邪行至此，诸公正散紫宸[2]朝。

①青霄：青天。霄，即云气；天空。②紫宸：宫廷；宫殿。

东湖新竹

插棘编篱谨护持[1]，养成寒碧[2]映沦漪。

清风掠地秋先到，赤日行天午不知。

解箨[3]时闻声簌簌，放梢初见叶离离。

官闲我欲频来此，枕簟[4]仍教到处随。

① 护持：保护；扶持。② 寒碧：浓密的绿荫。此指竹林。③ 解箨：竹笋脱壳。④ 枕簟：泛指卧具。

读胡基仲[1]旧诗有感

少日飞腾翰墨场，暮年相见尚昂藏[2]。

沉沙舟畔千帆过[3]，剪翮笼边百鸟翔。

访古每思春并辔，说诗仍记夜连床。

匆匆去日多于发[4]，不独悲君亦自伤。

① 胡基仲：胡衹，山阴人，少时与陆游同学于云门山中。陆游作《追怀胡基仲》："高洁胡徵士，当时已绝无。门庭谢残客，薪水斥常奴。遗稿何由见？英魂不可呼。谁怜墓上草，又是一年枯？"② 昂藏：仪表雄伟，气度不凡。③"沉沙"句：指时光流转。见刘禹锡《酬乐天扬州初逢席上见赠》："沉舟侧畔千帆过，病树前头万木春。"沉沙：断戟被沉没在沙里。④ 发：发动；使开始。

寓驿舍〔一〕

闲坊古驿掩朱扉，又憩空堂绽客衣①。

九万里中鲲②自化，一千年外鹤仍归③。

绕庭数竹饶新笋，解带量松长旧围。

惟有壁间诗句在，暗尘残墨两依依。

〔一〕自注：予三至成都，皆馆于是。

① 绽客衣：穿着缝补衣服的旅客。绽衣，指缝补的衣服。② 鲲：古代传说中的大鱼。庄子《逍遥游》："北冥有鱼，其名为鲲。鲲之大，不知其几千里也。"③"一千年"句：陶潜《搜神后记》："丁令威，本辽东人，学道于灵虚山。后化鹤归辽，集城门华表柱。时有少年，举弓欲射之。鹤乃飞，徘徊空中而言曰：'有鸟有鸟丁令威，去家千年今始归。城郭如故人民非，何不学仙冢累累。'遂高上冲天。"

宴西楼

西楼遗迹尚豪雄，锦绣笙箫①在半空。

万里因循②成久客，一年容易③又秋风。

烛光低映珠幯丽，酒晕徐添玉颊红。

归路迎凉更堪爱，摩诃池④上月方中。

① 锦绣笙箫：华美的丝织品与乐器。② 因循：指漂泊。③ 容易：不费事；发生的可能性大。④ 摩诃池：在今四川成都中心，始建于隋炀帝开皇二年（585）。

离成都后却寄公寿，子友德称

萧条常闭爵罗门[1]，点检朋侪几个存？
吾道将为天下裂[2]，此心难与俗人言。
逢时尚可还三代，掩卷何由作九原[3]。
寄语龟城旧交道，新凉殊忆共清樽。

①爵罗门：雀罗门。义出“门可罗雀”，指冷落的门庭或失势之家。②“吾道”句：吾道被割裂、破坏（而不幸）。《庄子·天下》：“道术将为天下裂。”③九原：九州大地。

秋思三首

大面山[1]前秋笛清，细腰宫[2]畔暮滩平。
吴樯楚舵动归思，陇月巴云空复情。
万里风尘旧朝士[3]，百年铅椠[4]老书生。
水村渔市从今始，安用区区海内名。

①大面山：在四川万源。②细腰宫：即章华台，又称章华宫，是楚灵王六年（前535）修建的离宫。《墨子·兼爱中》：“昔者，楚灵王好士细腰。”③朝士：朝廷官员。④铅椠：铅粉笔和木板片，古代书写文字的工具。

巢燕成归秋景奇，颓容老子醉哦诗。
山晴更觉云含态，风定闲看水弄姿。
痛饮何由从次道[1]，并游空复忆安期[2]。

天涯又作经年客，莫对青铜恨鬓丝。

①“痛饮”句:《晋书·何充传》:“充能饮酒，雅为刘所贵。每云:‘见次道饮，令人欲倾家酿。’”何充，字次道，东晋庐江人。② 安期：安期生，道教仙人。隐居于海上或山间。

西风吹叶满湖边，初换秋衣独慨然。
白首有诗悲蜀道，清宵无梦到钧天[1]。
迂疏早不营三窟[2]，流落今宁直一钱?
把酒未妨余兴在，试凭丝管饯流年。

① 钧天：古代神话中天帝居住的地方。② 三窟：狡兔三窟，指多种安全生存的方法。《战国策》卷十一《齐人有冯谖者》:“狡兔有三窟，仅得免其死耳。今君有一窟，未得高枕而卧也。请为君复凿二窟。”

观长安城图

许国虽坚鬓已斑，山南经岁望南山。
横戈上马嗟心[1]在，穿堑环城笑虏孱[2]。
日暮风烟传陇上，秋高刁斗落云间。
三秦父老应惆怅，不见王师出散关。

① 嗟心：感慨之心，此指雄心。②“穿堑”句：指穿堑三重，环长安城。堑，护城河。虏，金人。孱，脆弱，软弱。

夜读了翁遗文有感

秋雨萧萧夜不眠，挑灯开卷意凄然。
吾曹自欲期千载，世论何曾待百年？
当日公卿笑迂阔[①]，即今河洛污腥膻。
阴阳消长从来事，玩易深知屡绝编〔一〕[②]。

〔一〕自注：公有《易传》。

① 迂阔：指言行不切实际。② 屡绝编：《史记·孔子世家》："孔子晚而喜《易》……读《易》，韦编三绝。"

蜀州大阅〔一〕

晓束戎衣[①]一怅然，五年奔走遍穷边。
平生亭障[②]休兵日，惨淡风云阅武[③]天。
戍陇旧游真一梦，渡辽[④]奇事付他年。
刘琨晚抱闻鸡恨[⑤]，安得英雄共著鞭[⑥]。

〔一〕自注：八月二十七日。

① 戎衣：军装，战衣。② 亭障：古代边防设置的堡垒。③ 阅武：训练士卒，检视军队。④ 渡辽：渡过辽水，长途征伐。⑤"刘琨"句：《晋书·祖逖传》：（祖逖）与刘琨俱为司州主簿……中夜闻鸡鸣，蹴（cù）琨觉曰："此非恶声也！"因起舞。刘琨被段匹磾杀害，含恨而终。⑥ 着鞭：挥鞭策马，比喻努力向前。

秋夜怀吴中

秋夜挑灯读楚辞，昔人句句不吾欺。

更堪临水登山处，正是浮家泛宅[1]时。

巴酒不能消客恨，蜀巫空解报归期。

灞桥烟柳知何限？谁念行人寄一枝[2]。

①浮家泛宅：指以船为家，漂泊不定。②“灞桥烟柳”句，指送别。李白《忆秦娥》:“年年柳色，霸陵伤别。”

暮归马上作

石笋街[1]头日落时，铜壶阁[2]上角声悲。

不辞与世终难合，惟恨无人粗见知。

宝马俊游春浩荡，江楼豪饮夜淋漓。

醉来剩欲吟梁父[3]，千古隆中可与期[4]。

①石笋街：在今四川成都。②铜壶阁：成都内建筑。③吟梁父：即梁甫吟。《三国志·蜀书·诸葛亮传》:“亮躬耕陇亩，好为《梁父吟》。”④“千古”句：指刘备去陇中拜会诸葛亮，请诸葛亮出山。

自上清延庆归过丈人观[1]少留

再到蓬莱路欲平，却吹长笛过青城[2]。

空山霜叶无行迹，半岭天风有啸声。

细栈跨云萦峭绝，危桥飞柱插澄清。

玉华更控青鸾在[3]，要倚栏干待月明。

① 青城山上清宫延庆观与丈人观。② 青城：成都青城山，在四川灌县西南，相传东汉张道陵在此修道。③ 玉华：玉华楼，在青城山丈人观真君殿前。青鸾：神话传说中的神鸟。

宿江原县东十里张氏亭子，未明而起

寸廪[1]驱人卒岁劳，一官坐失布衣高[2]。

剑南十月霜犹薄，江上五更鸡乱号。

孤枕拥衾寻短梦，青灯照影着征袍。

客愁相续无时断，那得并州快剪刀[3]。

① 寸廪：微薄的俸禄。廪，粮仓，这里指官吏的俸给。② 布衣高：指隐居不仕。三国蜀诸葛亮《出师表》："臣本布衣，躬耕于南阳，苟全性命于乱世，不求闻达于诸侯。" ③ 并州快剪刀：古代并州出产的剪刀，以锋利著称。并州，古十二州之一，今山西太原。杜甫《戏题王宰画山水图歌》"焉得并州快剪刀"。

戍卒说沉黎[1]事有感

亭障曾无阅岁宁，频闻夷落犯王灵。

孤城月落冤魂哭，百里风吹战血腥。

瘴重厌看茅叶赤[2]，春残不放柳条青。

焦头烂额知何补？弭患从来贵未形[3]。

① 沉黎：西汉时所设郡，今四川雅安汉源县北。②"瘴重"句：指茅草黄衰时的黄茅瘴。瘴：疠气治病。③"焦头""弭患"二句：指事先防范，将祸患阻止在未发生阶段。焦头烂额：语出《汉书·霍光传》："客有过主人者，见其灶直突，傍有积薪。客谓主人，更为曲突，远徙其薪，不者且有火患。主人嘿然不应。俄而家果失火，邻里共救之，幸而得息。于是杀牛置酒，谢其邻人，灼烂者在于上行，余各以功次坐，而不录言曲突者。人谓主人曰：'乡（向）使听客之言，不费牛酒，终亡火患。今论功而请宾，曲突徙薪亡恩泽，焦头烂额为上客耶？'主人乃寤而请之。"弭患，消除祸患。

西楼夕望

夜郎城[1]里叹途穷，赖有西楼著此翁。
溪鸟孤飞寒霭[2]外，野人参语夕阳中。
苍天可恃何曾老[3]？白发缘愁却未公。
俗态十年看烂熟，不如留眼送归鸿[4]。

① 夜郎城：今贵州遵义桐梓一带。② 寒霭：寒凉的云雾。③"苍天"句：指苍天不老。李贺《金铜仙人辞汉歌》："衰兰送客咸阳道，天若有情天亦老。"④ 留眼送归鸿：目送归去的鸿雁。

晚登横溪阁〔一〕①

楼鼓声中日又斜，凭高愈觉在天涯。
空桑[2]客土生秋草，野渡虚舟集晚鸦。

瘴雾不开连六诏[3]，俚歌相答带三巴[4]。

故乡可望应添泪，莫恨云山万叠遮。

〔一〕二首录一。

① 横溪阁：又名双溪阁，位于今四川荣县耸云山南麓双溪江汇合处。② 空桑：传说中的山名。③ 六诏：唐代初，分布在洱海地区的蒙嶲诏、越析诏等六个大的民族部落，称为“六诏”。④ 三巴：指巴蜀地区。

夏日过摩诃池〔一〕[1]

乌帽翩翩白纻[2]轻，摩诃池上试闲行。

淙潺野水鸣空苑，寂历[3]斜阳下废城。

纵辔迎凉看马影，袖鞭寻句听蝉声。

白头散吏元无事，却为兴亡一怆情。

〔一〕淳熙二年乙未，五十一岁。

① 摩诃池：在今四川成都。始建于隋炀帝开皇二年（585）。② 白纻：白苎麻织的夏布。③ 寂历：寂静，冷清。

喜雨〔一〕

黄尘赤日欲忘生，一夜新凉满锦城[1]。

雨急骤增车辙水，泥深渐壮马蹄声。

蚊蝇敛迹知无地，灯火于人顿有情。

市远鸡豚不须问，小畦稀甲[2]已堪烹。

〔一〕自注：五月二十二日。

① 锦城：锦官城，今成都。② 稀甲：菜甲，菜初生的叶芽。

寓舍书怀

借得茅斋近笮桥[1]，羁怀病思两无聊。

春从豆蔻梢头[2]老，日向樗蒱[3]齿上消。

丛竹晓兼风力横，高梧夜挟雨声骄。

书生莫倚身常健，未画凌烟[4]鬓已凋。

① 笮（zuó）桥：桥名。又名夷里桥，在今四川成都。② 豆蔻梢头：枝头的豆蔻花。③ 樗蒱（chū pú）：古代的一种棋类游戏，樗木制成，故称樗蒲，五枚一组，所以又叫五木之戏。五木投子简称“齿”，掷得采为“齿采”。④ 画凌烟：图画凌烟阁，指建立功勋。凌烟阁，唐朝表彰功臣而绘有功臣图像的高阁。

成都大阅

千步球场爽气新，西山遥见碧嶙峋。

令传雪岭蓬婆[1]外，声震秦川渭水滨。

旗脚[2]倚风时弄影，马蹄经雨不沾尘。

属櫜缚袴[3]毋多恨，久矣儒冠误此身[4]。

① 蓬婆：蓬婆山，在今四川茂县西南。② 旗脚：旗尾。

③ 属櫜（gāo）缚裤：即身着军装。属櫜，即佩戴箭囊。缚袴，即戎装，扎紧套裤脚管，以便骑乘。④ 儒冠误此身：读书仕宦而误身。杜甫《奉赠韦左丞丈二十二韵》："纨绔不饿死，儒冠多误身。"

书怀

万里驰驱坐一饥，自怜无计脱尘鞿[①]。
身留幕府还家少，眼乱文书把酒稀。
客路更逢秋色晚，故山空有梦魂归。
芋羹豆饭元堪饱，错用人言恨子威[②]。

① 尘鞿（jī）：尘事的牵累。鞿，马缰绳，借指牵制，束缚。② 子威：西汉王商，字子威。王商为丞相。《汉书》："王商有刚毅节，废黜以忧死，非其罪也。"

成都书事

剑南山水尽清晖，濯锦江[①]边天下稀。
烟柳不遮楼角断[②]，风花时傍马头飞。
芼羹笋[③]似稽山美，斫脍鱼[④]如笠泽[⑤]肥。
客报城西有园卖，老夫白首欲忘归。

① 濯锦江：即成都浣花溪。② 楼角断：时遮时现的楼角。③ 芼（mào）羹笋：用笋加肉做的羹。④ 斫（zhuó）脍鱼：切成细片的鲜鱼肉。⑤ 笠泽：即太湖。也泛指江浙水乡。

大城少城[1]柳已青，东台西台[2]雪正晴。
莺花又作新年梦，丝竹常闻静夜声。
废苑烟芜[3]迎马动，清江春涨[4]拍堤平。
樽中酒满身强健，未恨飘零过此生。

①大城少城：成都名胜，大城即南城门，少城即西南锦江楼。②东台西台：成都名胜，皆在咒土寺内。③烟芜：云雾茫茫的草地。④春涨：春季潮水。

自警

乳烹佛粥[1]遽如许，菜簇春盘行及时。
草木欣欣渠得意，乾坤浩浩我何私？
怀材所忌多轻用，学道当从不自欺。
旦暮置规君勿怪，修身三省[2]自先师。

①佛粥：即腊八粥。农历十二月初八日，相传释迦牟尼在这一天开悟成佛，有吃腊八粥即佛粥的习俗。②修身三省：三省吾身。《论语·学而》："曾子曰：'吾日三省吾身：为人谋而不忠乎？与朋友交而不信乎？传不习乎？'"

马上偶成

城南城北紫游缰[1]，尽日闲行看似忙。
刺水离离葛叶短，连村漠漠豆花香。

夕阳有信催残角，春草无情上缭墙。
我亦人间倦游者[2]，长吟聊复怆兴亡。

① 紫游缰：紫色的马缰。② 倦游者：厌倦游宦生涯的人。

春晚书怀

万里西游为觅诗，锦城更付一官痴。
脱巾漉酒[1]从人笑，拄笏看山[2]颇自奇。
疏雨池塘鱼避钓，晓莺窗户客争棋。
老来怕与春为别，醉过残红满地时。

① 脱巾漉酒：指嗜酒。梁萧统《文选·陶渊明传》载渊明嗜酒，"郡将尝候之，值其酿熟，取头上葛巾漉酒，漉毕，还复着之"。② 拄笏看山：用笏板拄着脸颊，观望山景。形容在官而有雅兴。也用以形容狂放不羁，不问世俗。《世说新语·简傲》："王子猷作桓车骑参军。桓谓王曰：'卿在府久，比当相料理。'初不答，直高视，以手版拄颊云：'西山朝来，致有爽气。'"

春残

石镜山[1]前送落晖，春残回首倍依依。
时平壮士无功老，乡远征人有梦归。
苜蓿[2]苗侵官道合，芜菁[3]花入麦畦稀。
倦游自笑摧颓甚，谁记飞鹰醉打围[4]。

① 石镜山：指武担山，在四川成都。② 苜蓿（mù xu）：多年生宿根草本植物，嫩苗可作菜蔬。③ 芜菁：两年生草本植物，块状根茎，扁球形或长形，可食。③ 打围：打猎。因多人合围，故称。

武担东台晚望

憔悴西窗已一翁，登高意气尚豪雄。

关河霸国[①]兴亡后，风月诗人[②]醉醒中。

病起顿惊双鬓改，春归一扫万花空。

栏边徙倚君知否？直到吴天[③]目未穷。

① 关河霸国：泛指山河国家。② 风月诗人：陆游自谓。陆游曰："予十年间两坐斥，罪虽擢发莫数，而诗为首，谓之'嘲咏风月'。既还山，遂以'风月'名小轩，且作绝句。" ③ 吴天：吴郡的天地，指陆游家乡山阴（今浙江绍兴）。

行武担西南村落有感

骑马悠然欲断魂，春愁满眼与谁论。

市朝迁变归芜没，涧谷谽谺[①]互吐吞。

一径松楠遥见寺，数家鸡犬自成村。

最怜高冢[②]临官道，细细烟莎[③]遍烧痕。

① 谽谺（hān xiā）：山石险峻。② 高冢：高大坟墓。《四川通

志》:“有大冢高数丈，旁又一冢差小，莫知何代人也，俗号太子墓。”③烟莎（suō）：莎草。

饭昭觉寺抵暮乃归

身堕黄尘[1]每慨然，携儿萧散[2]亦前缘。

聊凭方外巾盂净，一洗人间匕箸[3]膻。

静院春风传浴鼓[4]，画廊晚雨湿茶烟[5]。

潜光寮里明窗下，借我消摇过十年。

①黄尘：黄沙尘土，指人世间。②萧散：洒脱闲散。③匕箸：勺筷。④浴鼓：僧人沐浴时，击鼓提醒。⑤茶烟：制茶蒸、焙时产生的烟。

卜居

历尽人间行路难[1]，老来要觅数年闲?

供家米少因添鹤，买宅钱多为见山。

池面纹生风细细，花根土润雨斑斑。

借春[2]乞火依邻里，剩酿村醪约往还。

①行路难：指人生艰辛和羁旅行役的悲愁。②借春：冬至日举行的迎春仪式。

南浮七泽[1]吊沉湘，西泝三巴掠夜郎。

自信前缘与人薄，每求宽地寄吾狂。
雪山水作中濡味，蒙顶茶[2]如正焙香。
倘有把茅[3]端可老，不须辛苦念还乡。

① 七泽：泛指楚地，相传古时楚有七处沼泽。② 蒙顶茶：四川雅安蒙顶山所产绿茶。③ 把茅：拿茅草。此指茅草屋。

书叹

早得虚名翰墨林，谢归忽已岁时侵。
春郊射雉[1]朝盘马[2]，秋院焚香夜弄琴。
病酒闭门常兀兀，哦诗袖手久愔愔。
浮沉不是忘经世，后有仁人识此心。

① 射雉：古代一种田猎活动，射猎野禽。② 盘马：跨马盘旋驰骋。

次韵范文渊

箪瓢气[1]已压膏粱[2]，不傍朱门味更长[3]。
细看高人忘宠辱，始知吾辈可怜伤。
岩扃勾漏[4]新丹灶，香火匡庐古道场。
剩欲与君坚此约，他年八十鬓眉苍[一]。

〔一〕自注：近有术者言仆寿过八十。

① 箪瓢气：安贫乐道的气节。箪瓢，即箪食瓢饮。② 膏粱：肥肉和细粮。代指富贵生活。③“不傍”句：指不求富贵闻达，淡泊自处。④ 岩扃（jiōng）勾漏：隐居之处岩洞弯曲穿漏。

过野人家有感

纵辔江皋送夕晖，谁家井臼[①]映荆扉。

隔篱犬吠窥人过，满箔蚕饥待叶归〔一〕。

世态十年看烂熟，家山万里梦依稀。

躬耕本是英雄事，老死南阳未必非[②]。

〔一〕自注：吴人直谓桑曰叶。

① 井臼：水井和石臼，借指院落。②“躬耕”句：指诸葛亮躬耕南阳事。

闲中偶题

楚泽巴山岁岁忙，今年睡足向禅房。

只知闲味如茶永[①]，不放羁愁似草长。

架上《汉书》那复看，床头《周易》亦相忘。

客来拈起清谈麈[②]，且破西窗半篆香。

① 永：延长。② 清谈麈：挥麈高论。清谈，即脱俗高雅的言谈。麈，拂尘之具。魏晋时，士人清谈常持此以助谈姿。

久矣云衢[1]敛羽翰[2]，退飞[3]更觉一枝安[4]。

七千里外新闲客，十五年前旧史官[5]。

花底清歌春载酒，江边明月夜投竿。

痴顽直为多更事[6]，莫怪胸怀抵死宽。

① 云衢：高空。② 羽翰：翅膀，指飞翔。③ 退飞：风疾而退。④ 一枝安：勉强安顿。⑤“七千”“十五”二句：淳熙三年（1176）陆游作此于成都，陆游自绍兴三十二年（1162），宋孝宗即位，被任命为枢密院编修官，至此时十五年。⑥ 多更事：理解许多事。更，了解；懂得。

病起书怀

病骨支离纱帽宽，孤臣万里客江干。

位卑未敢忘忧国，事定犹须待阖棺[1]。

天地神灵扶庙社[2]，京华父老望和銮[3]。

出师一表通今古，夜半挑灯更细看。

①“位卑”“事定”二句：地位卑微，不忘为国家担忧。关心忧虑国事坚持抗金北伐的意志，终止只能是死去。阖（hé）棺，盖上棺材盖。代指人死去。② 庙社：宗庙和社稷，指国家。③ 和銮：古代车上的铃铛。挂在车前横木上称“和”，挂在车架上称“銮”。此指南宋的军队。

酒酣看剑凛生风，身是天涯一秃翁。

扪虱剧谈[1]空自许，闻鸡[2]浩叹与谁同？

玉关岁晚无来使，沙苑春生有去鸿。

人寿定非金石永，可令虚死蜀山中。

①扪虱剧谈：《晋书·王猛传》载，王猛见桓温，谈论天下的大事，边捉虱子边谈。②闻鸡：闻鸡起舞，《晋书·祖逖传》载，祖逖和刘琨夜里听到公鸡啼叫，及时发奋，起床舞剑。

客自凤州来言岐雍间事[1]，怅然有感

表里山河[2]古帝京，逆胡数尽固当平。
千门未报甘泉火[3]，万耦方观渭上耕。
前日已传天狗堕[4]，今年宁许佛狸[5]生。
会须一洗儒酸态，猎罢南山夜下营。

①凤州：今陕西宝鸡。岐雍间：陕西汉中一带。②表里山河：《左传·僖公二十八年》："晋国表里山河。"晋国内有太行山，外有黄河。此指陕西一带。③"千门"句：长安宫殿未报边境烽火。千门，指长安宫殿。甘泉，即甘泉宫，汉武帝时在陕西北部边疆建甘泉宫，作为军事重镇。甘泉火，指边塞烽火，敌情紧急时燃气烽火。④天狗堕：星相。《剑南诗稿》陆游自注："去年十一月天狗堕表安，声甚大。"此处指金人兵败的预兆。⑤佛（bì）狸：北魏拓跋焘（太武帝）的小字，此指金兵。

月下醉题

黄鹄飞鸣未免饥，此身自笑欲何之？
闭门种菜英雄老，弹铗思鱼[1]富贵迟。
生拟入山随李广，死当穿冢近要离[2]。
一樽强醉南楼月，感慨长吟恐过悲。

① 弹铗（jiá）思鱼：指处境窘困，有所求取。《战国策·齐策四》："齐人有冯谖者……倚柱弹其剑，歌曰：'长铗归来乎！食无鱼。'"铗，即剑把。② 要离：春秋时期吴国人，受吴王阖闾命刺杀庆忌，功成而不愿接受封赏。

蒙恩奉祠桐柏①

少年曾缀紫宸②班，晚落危途九折艰。

罪大初闻收郡印，恩宽俄许领家山③。

羁鸿但自思烟渚，病骥宁容著帝闲④。

回首觚棱⑤渺何处，从今常寄梦魂间。

① 宋孝宗淳熙三年（1176）六月，陆游在三月被以"不拘礼法，嗜酒颓放"的罪名罢免了参议官职，六月被迁任台州桐柏山崇道观祠禄，有此诗。② 紫宸：指皇帝所居的宫殿。③ 家山：指浙江天台山。④ 帝闲：皇帝的马厩。⑤ 觚棱（gū léng）：宫殿上转角处的瓦脊成方角棱瓣形。借指宫殿。

和范待制秋兴〔一〕

策策桐飘已半空，啼螀渐觉近房栊①。

一生不作牛衣泣②，万事从渠马耳风③。

名姓已甘黄纸外，光阴全付绿尊④中。

门前剥啄⑤谁相觅，贺我今年号放翁〔二〕。

〔一〕范待制名成大，号石湖。　〔二〕范石湖帅蜀时，先生为参议官，以文字交，不拘礼法，人讥其颓放，因自号放翁。

① 房栊：窗棂，即窗户。② 牛衣泣：因穷困而泣。牛衣，给牛御寒用的覆盖物，多用麻、草编织。③ 马耳风：即耳边风。喻不重视听到的话。④ 绿尊：酒杯。⑤ 剥啄：叩门声。

睡脸余痕印枕纹，秋衾微润覆炉熏。
井梧摇落先霜尽，衣杵[1]凄凉带月闻。
佛屋纱灯明小像，经奁鱼蠹蚀真文。
身如病骥惟思卧，谁许能空万马群。

① 衣杵：捣衣服用的木棒。

山泽沉冥[1]气尚豪，鬓丝未遽叹萧骚[2]。
已忘海运鲲鹏化，那计风微燕雀高[3]。
万里客魂迷楚峡[4]，五更归梦隔胥涛[5]。
故知有酒当勤醉，自古宁闻死可逃。

① 山泽沉冥：幽居匿迹山林。② 萧骚：稀疏。③ 风微燕雀高：燕雀微风中高飞。④ 楚峡：指巫峡。⑤ 胥涛：钱塘江潮。春秋时伍子胥被吴王夫差勒令自杀。传说其尸首被投入浙江，灵魂化为涛神。后人因称浙江潮为“胥涛”。

岁暮感怀

征尘十载暗[1]戎衣，虚负名山采药期。
少日覆毡曾草檄[2]，即今横槊尚能诗[3]。
昏昏杀气秋登陇，飒飒飞霜夜出师。
会有英豪能共此，镜中未用叹吾衰。

①暗：使昏暗。即积满灰尘变得又旧又暗。②覆毡曾草檄：即覆毡草书，指才思敏捷。典出《北史·陈元康传》："神武（神武帝高欢）之伐刘蠡升，天寒雪深，使人举毡，元康于毡下作军书，飒飒运笔，笔不及冻，俄顷数纸。"③横槊（shuò）尚能诗：即横槊赋诗。横长矛而赋诗，指英雄气概。典出《三国演义》："（曹操）取槊立于船头上，以酒奠于江中，满饮三爵，横槊谓诸将曰：'我持此槊，破黄巾、擒吕布、灭袁术、收袁绍，深入塞北，直抵辽东，纵横天下；颇不负大丈夫之志也！'"

万里桥江上习射

坡陇如涛东北倾，胡床看射及春晴。
风和渐减雕弓[①]力，野迥遥闻羽箭声。
天上搀抢[②]端可落，草间狐兔不须惊。
丈夫未死谁能料，一笴[③]他年下百城。

①雕弓：刻有精美纹饰的弓。②搀抢：又作搀枪，即彗星。主兵祸。③一笴（gǎn）：一支箭。笴，箭杆。

和范舍人病后二诗，末章兼呈张正字

放衙[①]元不为春酲，澹荡江天气未清。
欲赏园花先梦到，忽闻檐雨定心惊。
香云[②]不动熏笼[③]暖，蜡泪成堆斗帐明。
关陇宿兵胡未灭，祝公垂意在尊生[④]。

①放衙：属吏衙参后退出。②香云：香烟。③熏笼：熏烘时罩在火炉上的笼子。④尊生：一种生活状态。《庄子·让王》："能尊生者，虽富贵不以养伤身，虽贫贱不以利累形。"

士生不及庆历[1]初，下方元祐[2]当勿疏。
请看蛟龙得云雨[3]，岂比鸟雀驯阶除[4]。
舍人起视北门草，学士归著东观[5]书。
剑外老农亦吐气，酿酒畦花常晏如。

①庆历：北宋仁宗赵祯的第六个年号（1041—1048）。②元祐：北宋哲宗赵煦的第一个年号（1086—1094）。③"请看"句：比喻有才能而得以施展。④"岂比"句：鸟雀被驯服，在台阶觅食。⑤东观：汉章帝、汉和帝时，国家藏书之地。

登剑南西川门感怀

自古高楼伤客情[1]，更堪万里望吴京[2]。
故人不见暮云合，客子欲归春水生。
瘴疠连年须药石，退藏无地著柴荆。
诸公勉画平戎策[3]，投老深思看太平。

①"自古"句：写伤怀之情。王粲《登楼赋》："登兹楼以四望兮，聊暇日以销忧。"②吴京：即南京。③"诸公"句：指宣抚使王炎和同僚勉励陆游草拟收复中原的作战计划，计划上报朝廷后，因南宋朝廷自符离战败后，无意于北伐。"平戎策"被搁置一旁。

宿上清宫

永夜寥寥憩上清，下听万壑度松声。

星辰顿觉去人近，风雨何曾败月明。

早岁文辞妨至道[1]，中年忧患博虚名。

一庵倘许[2]西峰住，常就巢仙[3]问养生。

① 至道：极精深微妙的道理。② 倘（tǎng）许：假若，如果允许。③ 巢仙：《剑南诗稿·忆昨》陆游自注："蘧道人卖药成都市中。巢仙谓上官先生。"

野步[1]至青羊宫，偶怀前年尝剧饮于此

锦官门外曳[2]枯筇，此地天教著放翁。

万事元无工拙处，一官已付有无中。

拏云[3]柏树瘦蛟立，绕郭江流清镜[4]空。

欲把酒杯终觉懒，缓歌曾醉落花风。

① 野步：郊外漫步。② 曳（yè）：拖着。③ 拏（ná）云：高耸入云。拏，同"拿"。④ 清镜：清澈的湖水。

感秋

西风繁杵捣征衣，客子关情正此时[1]。

万事从初聊复尔[2]，百年强半欲何之[3]？

画堂蟋蟀怨清夜，金井[4]梧桐辞故枝。

一枕凄凉眠不得，呼灯起作感秋诗。

①“西风”句：指秋风起边关战士思乡之情。征衣，旅居在外人的衣服。关情，牵动情怀。②聊复尔：姑且如此而已。③“百年”句：意为年过半百的人又能如何呢？④金井：有雕饰的井。

绝胜亭[1]

蜀汉羁游岁月侵[2]，京华乖隔[3]少来音。

登临忽据三江[4]会，飞动从来万里心。

地胜顿惊诗律壮[5]，气增不怕酒杯深。

一琴一剑白云外，挥手下山何处寻。

① 绝胜亭：在成都修觉山上。②“蜀汉”句：停留在成都，岁月流逝。侵，渐进，这里指岁月流逝。③ 乖隔：分离；阻隔。④ 三江：指四川的岷江、涪江、沱江，在长江上游。⑤“地胜”句：陆游入蜀，山川的雄壮及金戈铁马的军旅生活，使诗风发生变化。

猎罢夜饮示独孤生三首[1]

客途孤愤只君知，不作儿曹怨别离。

报国虽思包马革[2]，爱身未忍货羊皮[3]。

呼鹰小猎新霜后，弹剑长歌[4]夜雨时。

感慨却愁伤壮志，倒瓶浊酒洗余悲。

① 陆游一诗题曰 :“独孤生策字景略，河中人。工文善射，喜击剑，一世奇士也。”此诗作于淳熙四年（1177）陆游自成都之广汉。独孤策有报国志，与陆游同气相应。② 包马革：即马革裹尸，用马皮包裹尸体。指英勇作战，效命沙场。典出《后汉书·马援传》:“方今匈奴、乌桓尚扰北边，欲自请击之。男儿要当死于边野，以马革裹尸还葬耳，何能卧床上在儿女子手中邪?”③ 货羊皮：春秋时虞人百里奚，被秦穆公用五张黑公羊皮从楚国赎来，后辅佐秦穆公成就霸业。④ 弹剑长歌：战国时齐人冯谖客于孟尝君门下，弹剑而歌。冯谖精心谋划，稳定了孟尝君相国的政治地位。

关辅何时一战收①，蜀郊且复猎清秋②。
洗空狡穴银头鹘，突过重城玉腕骝。
贼势已衰真大庆，士心未振尚私忧。
一樽共讲平戎策，勿为飞鸢念少游③。

①“关辅”句：指收复中原失地。关辅，关中和三辅地区。② 猎清秋：秋日射猎。③“勿为”句：指勿致求富贵，满足于温饱即可。《后汉书·马援传》:（马援曰）“吾从弟少游常哀吾慷慨多大志，曰 :‘士生一世，但取衣食裁足，乘下泽车，御款段马，为郡掾史，守坟墓，乡里称善人，斯可矣。致求盈余，但自苦耳!’当吾在浪泊、西里间，虏未灭之时，下潦上雾，毒气熏蒸，仰视飞鸢，跕跕堕水中，卧念少游平生时语，何可得也!”

白袍如雪宝刀横，醉上银鞍身更轻。
帖草角鹰①掀兔窟，凭风羽箭作鸱鸣②。
关河③可使成南北，豪杰谁堪共死生。
欲疏万言投魏阙④，灯前揽笔涕先倾。

① 角鹰：头上有如角的毛竖起的鹰。② 鸱（chī）鸣：鹞鹰鸣声。③ 关河：函谷关和黄河。④ 魏阙：古代宫门外的高大建筑物，此指朝廷。

秋晚登城北门

幅巾[1]藜杖北城头，卷地西风满眼愁。
一点烽传散关信，两行雁带杜陵秋[2]。
山河兴废供搔首，身世安危入倚楼。
横槊赋诗非复昔，梦魂犹绕古梁州[3]。

① 幅巾：古代男子以全幅细绢裹头的头巾。此指头裹巾。②“两行”句：指秋天大雁南飞。杜陵，在今陕西西安。③ 古梁州：古九州之一，今陕西、四川、贵州的部分地区。

夜饮

引剑酣歌亦壮哉，要君共覆手中杯。
秋鸿阵密横江去，暮角声酣战雨[1]来。
莫恨皇天无老眼[2]，请看白骨有青苔。
中年倍觉流光速，行矣西郊又见梅。

① 战雨：指雨像在作战，风紧雨急。② 皇天无老眼：老天爷没有眼力。这是对世道不公的愤慨之词。

病酒述怀

闲处天教著放翁，草庐高卧笮桥东。

数茎白发悲秋后，一盏青灯病酒中。

李广射归关月堕[1]，刘琨啸罢塞云空[2]。

古人意气凭君看，不待功成固已雄。

①“李广”句：指飞将军李广善射，匈奴闻名而不敢进犯。关月，边塞的月亮。②“刘琨”句：刘琨胸怀大志，与祖逖“闻鸡起舞”，刘琨曾被胡骑围困于晋阳城，窘迫无计，月夜登城楼清啸，贼闻之，皆凄然长叹。中夜奏胡笳，贼又流泪歔欷，有怀土之切。向晓复吹之，贼并弃围而走。

江楼醉中作

淋漓百榼[1]宴江楼，秉烛挥毫气尚遒。

天上但闻星主酒，人间宁有地埋忧[2]？

生希李广名飞将，死慕刘伶赠醉侯[3]。

戏语佳人频一笑，锦城已是六年[4]留。

① 百榼：指杯酒多。②“天上”“人间”二句：天上有主管酒的酒星，地上有埋藏忧愁之地吗？③ 醉侯：西晋刘伶嗜酒。④ 六年：指陆游从乾道八年（1172）冬离南郑到成都，至此诗所作时间。

曳策

慈竹萧森拱废台，醉归曳策一徘徊。

纷纷落日牛羊下[①]，黯黯长空霰雪[②]来。

三峡猿催清泪落，两京梅傍战尘开。

客怀已是凄凉甚，更听城头画角哀[③]。

① 牛羊下：《诗经·君子于役》："鸡栖于埘，日之夕矣，羊牛下来。" ② 霰（xiàn）雪：雪珠和雪花。③ 画角哀，高亢哀厉的画角声。画角，古管乐器，因表面有彩绘，故称画角。

醉中出西门偶书〔一〕

古寺闲房闭寂寥，几年耽酒负公朝。

青山是处可埋骨，白发向人羞折腰。

末路自悲终老蜀，少年常愿从征辽。

醉来挟箭西郊去，极目寒芜[①]雉兔骄。

〔一〕淳熙四年丁酉，五十三岁。

①寒芜：寒秋的杂草。

叹息

国家图箓[①]合中兴，叹息吾宁粥饭僧[②]。

卖剑买牛衰可笑，坏裳为袴老犹能。

晓过射圃云藏垒，夜读兵书雨洒灯。
安得龙媒[3]八千骑，要令穷虏畏飞腾。

①图箓：图谶符命之书。②粥饭僧：只吃粥饭而不努力修行的僧人。借以嘲讽尸位素餐者。③龙媒：指骏马。

客愁

骑马出门无所诣[1]，端居正尔客愁侵。
苍颜白发入衰境，黄卷青灯[2]空苦心。
天下极知须隽杰，书生何恨死山林[3]？
消磨未尽胸中事，梁甫时时尚一吟[4]。

①诣（yì）：前往；到某地去。②黄卷青灯：青荧的灯光映照着纸张泛黄的书卷。③山林：指隐居之地。④“梁甫”句：即梁甫吟。《三国志·诸葛亮传》：“亮躬耕陇亩，好为梁父吟。”

倚楼

减尽朱颜白发新，高楼徙倚默伤神。
未酬马上功名愿[1]，已是人间老大身[2]。
太史周南方卧疾[3]，拾遗剑外又逢春[4]。
一杯且为江山醉，百万呼卢迹已陈。

①“未酬”句：指金戈铁马，收复中原的心愿。②“已是”句：指年老体衰。③“太史”句：《史记·太史公自序》：“是岁，天子始建汉家之封，而太史公留滞周南，不得与从事，故发愤且卒。”此处太史公指司马迁父司马谈。太史周南，后指留居在外。④“拾遗”句：指杜甫《闻官军收河南河北》：“剑外忽传收蓟北……青春作伴好还乡。”拾遗，唐肃宗至德二年（757）杜甫任左拾遗，后世称他“杜拾遗”。

南定楼[①]遇急雨〔一〕

行遍梁州到益州，今年又作度泸游。

江山重复争供眼[②]，风雨纵横乱入楼。

人语朱离[③]逢峒獠，棹歌欸乃[④]下吴舟。

天涯住稳归心懒，登览茫然却欲愁。

〔一〕自《晚泊》至此，皆久客蜀中之诗。

① 南定楼：在四川泸州。取诸葛亮《出师表》句“今南方已定”而命名。② 供眼：眼见；欣赏。③ 朱离：即侏离。《后汉书·南蛮传》：“语言侏离。”指语音难辨。④ 欸（ǎi）乃：摇橹声。

风顺舟行甚疾戏书〔一〕

昔者远戍南山边，军中无事酒如川。

呼卢喝雉连暮夜，击兔伐狐穷岁年。

壮士春芜[①]卧白骨，老夫晨镜悲华颠[②]。

可怜使气[3]尚未减，打鼓顺流千斛船[4]。

〔一〕此下自叙州出蜀之诗。

① 春芜：春草。② 华颠：花白的头发。颠，指头顶。③ 使气：意气用事。④ 千斛船：载粮几十吨的船。斛，古代容积单位，一斛等于一石。

峡州东山〔一〕

十年不踏东山路，今日重为放浪[1]行。

老矣判无黄鹄举[2]，归哉惟有白鸥盟[3]。

新秧刺水农家乐，修竹环溪客眼明。

已驾巾车[4]仍小驻，绿萝亭下听莺声。

〔一〕淳熙五年戊戌，五十四岁。

① 放浪：不受约束。② 黄鹄举：汉贾谊《惜誓》："黄鹄之一举兮，知山川之纡曲；再举兮，睹天地之圜方。"后指失意远遁或遭贬。黄鹄，天鹅。③ 白鸥盟：与鸥鸟订盟，同住水乡。此指无利禄之心，借指归隐。④ 巾车：古代的交通工具。有以帷幕装饰的车子。

初发夷陵

雷动江边鼓吹雄，百滩过尽失途穷。

山平水远苍茫外，地辟天开指顾[1]中。

俊鹘横飞遥掠岸[2]，大鱼腾出欲凌空

今朝喜处君知否？三丈黄旗舞便风。

① 指顾：手指目视。② 掠岸：贴着岸边。

泊公安县[1]

秦关蜀道何辽哉！公安渡头今始回。

无穷江水与天接，不断海风吹月[2]来。

船窗帘卷萤火闹，沙渚露下蘋花开。

少年许国忽衰老，心折[3]舵楼[4]长笛哀。

① 公安县，今属湖北荆州，在荆江沿岸。② 海风吹月：月光下，江天茫茫，海风吹拂。③ 心折：心碎，指悲愁。④ 舵（duò）楼：古代船尾安舵处，其上高出一层，可以登高望远。

南楼

十年不把武昌酒，此日阑边感慨深。

舟楫纷纷南复北，山川莽莽古犹今。

登临壮士兴怀[1]地，忠义孤臣许国[2]心。

倚杖黯然斜照晚，秦吴万里入长吟[3]。

① 兴（xīng）怀：引发感慨。② 许国：以身报国。③ 长吟：音调缓而长的吟咏诗歌。此指诗歌。

黄鹤楼

手把仙人绿玉枝[①]，吾行忽及早秋期。

苍龙阙角归何晚[②]？黄鹤楼中醉不知。

江汉交流[③]波渺渺，晋唐遗迹[④]草离离。

平生最喜听长笛，裂石穿云[⑤]何处吹？

①绿玉枝：指手杖。绿玉镶饰的手杖。②“苍龙”句：星光照过宫殿，归去太晚。苍龙，东方七宿的合称。阙角，宫殿上的屋角。③江汉交流：长江、汉江交汇。此指黄鹤楼在武昌。④晋唐遗迹：黄鹤楼始建于三国初，历经两晋南北朝唐宋。⑤裂石穿云：形容声音高亢嘹亮。

舟中偶书

老子西游[①]万里回，江行长夏亦佳哉。

昼眠初起报茶熟，宿酒半醒闻雨来。

汉口船开催叠鼓，淮南帆落亚高桅。

四方[②]本是丈夫事，白首自怜心未灰。

①老子西游：陆游年老从川蜀回山阴。②四方：指京城以外的地区。

舟行蕲、黄间，雨霁得便风有感

天青云白十分晴，帆饱舟轻尽日行。

江底鱼龙贪昼睡，淮南草木借秋声。

好山缥缈何由住？华发萧条只自惊。
莫怪时人笑疏懒，宦情[1]元不似诗情[2]。

① 宦情：远离家乡在官府任职。② 诗情：作诗的兴致。

初见庐山

从军忆在梁州日，心拟西征草捷书[1]。
铁马但思经太华[2]，布帆何意拂匡庐[3]。
计谋落落知谁许，功业悠悠定已疏。
尚喜东林寻旧社[4]，月明清露湿芙蕖。

①“心拟”句：陆游为四川宣抚使王炎陈述进兵之策，“以为经略中原必自长安始，取长安必自陇右始。当积粟练兵，有衅则攻，无则守”。② 太华：指西岳华山，在陕西华阴县。③ 匡庐：指江西的庐山。④“尚喜”句：庐山东林寺为晋高僧慧远道场，慧远曾与高贤结白莲华社，谓之莲社。

六月十四日宿东林寺〔一〕[1]

看尽江湖千万峰，不嫌云梦芥吾胸[2]。
戏招西塞山[3]前月，来听东林寺里钟。
远客岂知今再到〔二〕？老僧能记昔相逢。

虚窗④熟睡谁惊觉，野碓无人夜自舂。

〔一〕先生自蜀归，迁江西常平，提举江西水灾。出峡后，舟过荆州、武昌，自九江登岸赴南昌，故经过东林寺。　〔二〕先生昔尝判隆兴府，故曰“今再到”。

① 东林寺：在江西庐山西北麓，始建于东晋大元九年（384），是佛教净土宗的发源地。②“不嫌”句：不嫌云梦大泽梗塞心中，极言心胸广大。司马相如《子虚赋》:“吞若云梦者八九于其胸中，曾不蒂芥。”③ 西塞山：隶属湖北黄石，位于长江中游南岸。④ 虚窗：开着窗户。

过采石有感〔一〕①

短衣射虎早霜天，叹息南山又七年。

唾手每思双羽箭②，快心初见万楼船。

平波漫漫看浮马③，高柳阴阴听乱蝉。

明日重寻石头路，醉鞍谁与共联翩④。

〔一〕先生至江西不久，即召还与祠，又出江，自小孤、金陵至浙江还家，故过采石。

① 淳熙五年（1178），陆游东归道中过采石矶。采石矶，即牛渚矶，在安徽马鞍山西南的翠螺山麓，与城陵矶、燕子矶合称“长江三矶”。采石矶因山势险峻、风光秀丽而著称。② 双羽箭：箭杆上有两片箭羽的箭，这种箭射出时稳定性较好。③ 浮马：古代的一种插秧工具，农人可以坐在上面插秧，用腿当做桨移动，马头正好用来盛稻秧。④ 联翩：鸟飞的样子。比喻连续不断。

登赏心亭[①]

蜀栈秦关岁月遒，今年乘兴却东游。

全家稳下黄牛峡[②]，半醉来寻白鹭洲[③]。

黯黯江云瓜步[④]雨，萧萧木叶石城[⑤]秋。

孤臣老抱忧时意，欲请迁都涕已流。

① 赏心亭：在今江苏南京秦淮区水西门广场西侧外。② 黄牛峡：在长江三峡西陵峡的中段。陆游《入蜀记》:“回望，正见黄牛峡。庙后山如屏风叠，嵯峨插天。第四叠上，有若牛状，其色赤黄，前有一人，如着帽立者。”③ 白鹭洲：在今江苏南京秦淮区武定门北侧，秦淮河的南岸。④ 瓜步：瓜步山，即瓜埠山。在今江苏南京六合区东。⑤ 石城：石头城，广义指南京。

将至京口[①]

卧听金山古寺[②]钟，三巴昨梦已成空。

船头坎坎回帆鼓，旗尾舒舒下水风。

城角危楼晴霭碧，林间双塔夕阳红。

铜瓶愁汲中濡水，不见茶山九十翁〔一〕[③]。

〔一〕自注：顷在京口，尝取中濡水寄曾文清公。

① 京口：即今镇江古称。② 金山古寺：在今江苏镇江西北的金山上，始建于东晋。③“铜瓶”“不见”二句：陆游在隆兴二年(1164)、乾道元年(1165)六月之前任镇江通判。茶山，曾几号茶山，作此诗时，曾几当诞辰九十五，故曰“九十翁”。

归云门〔一〕

万里归来①值岁丰，解装②乡墅乐无穷。

甑炊饱雨湖菱紫，篋络③迎霜野柿红。

坏壁尘埃寻醉墨，孤灯饼饵对邻翁。

微官④行矣闽山去〔二〕，又寄千岩梦想中。

〔一〕自蜀归来，至是还越抵家矣。　〔二〕《宋史》先生本传，但载自江西召还与祠，即起知严州，不载闽山微官之事。

① 万里归来：指成都到山阴陆游家乡的路程。② 解装：卸下行装。③ 篋络：竹篋络之加固，防止破碎。此指竹编的盛器。④ 微官：指陆游任福建提举常平茶事。

湖村秋晓

剑阁秦山不计年，却寻剡曲①故依然。

尽收事业渔舟里，全付光阴酒榼边。

平野晓闻孤唳鹤，澄湖秋浸四垂天②。

九关虎豹③君休问，已向人间得地仙④。

① 剡曲：水名，亦名剡溪。② 四垂天：天幕四边垂地，天水相接。③ 九关虎豹：传说中守护天关的猛兽。④ 地仙：人间的神仙，比喻闲散自由的人。

梦至成都怅然有作

春风小陌锦城西，翠箔珠帘客意迷。
下尽牙筹[①]闲纵博，刻残画烛[②]戏分题。
紫氍毹[③]暖帐中醉，红叱拨[④]骄花外嘶。
孤梦凄凉身万里，令人憎杀五更鸡。

① 牙筹：象牙等制的计数算筹。② 刻残画烛：谓在蜡烛上的刻度已经烧残，即夜已深沉。③ 紫氍（qú）毹（shū）：毛织的紫色布或地毯。④ 红叱拨：指红色的良马。

宦途元不羡飞腾，锦里豪华压五陵。
红袖引行游玉局[①]，华灯围坐醉金绳[②]。
阶前汗血洮河马，架上霜毛海国鹰。
世事转头谁料得，一官南去冷如冰[③]。

① 玉局：道观名，在四川成都。② 金绳：南宋时成都佛寺名。③“一官”句：指陆游赴任福建提举常平茶盐事。陆游一路南行，闽中山区入冬天气寒冷。

衢州道中作

耿耿孤忠不自胜，南来清梦绕觚棱[①]。
驿门上马千峰雪，寺壁题诗一砚冰。
疾病时时须药物，衰迟处处少交朋。
无情最恨寒沙雁，不为愁人说杜陵[②]。

①觚棱：殿堂上最高的地方，借指京城。②杜陵：长安，在今陕西西安。此指中原地区。

宿鱼梁驿[1]，五鼓起行有感

忆从南郑客成都，身健官闲一事无。
分骑霜天伐狐兔，张灯雪夜掷枭卢[2]。
百忧忽堕新衰境，一笑难寻旧酒徒。
投宿鱼梁溪绕屋，五更听雨拥篝炉。

①渔梁驿：古代中原入闽的第一驿站。在今福建浦城县。②枭卢：古代博戏樗蒲的两种胜彩名。幺为枭，最胜；六为卢，次之。

少时谈舌坐生风[1]，管葛[2]奇才自许同。
闭户著书千古计，变名学剑十年功。
酒醒顿觉狂堪笑，睡起方知梦本空。
他日故人能忆我，葛仙矶[3]畔觅渔翁。

①谈舌坐生风：指谈话机敏风趣。②管葛：管仲和诸葛亮，皆名相。③葛仙矶：传说晋人葛玄，得道成仙，人称葛仙公。他曾游会稽，县东若耶溪有仙公钓矶。

夜坐偶书

衰发萧疏雪满簪，暮年光景易骎骎[1]。
已甘身作沟中断[2]，不愿人知爨下音[3]。

病鹤摧颓分薄俸，悲蛩断续和微吟。

向来误有功名念，欲挽天河洗此心。

① 骎骎（qīn）：迅疾的样子。② 沟中断：指被弃置不用。《庄子·天地》："百年之木，破为牺尊，青黄而文之，其断在沟中。比牺尊于沟中之断，则美恶有间矣，其于失性一也。" ③ 爨（cuàn）下音：比喻幸免于难的良材。《后汉书·蔡邕传》："吴人有烧桐以爨者，邕闻火烈之声，知其良木，因请而裁为琴，果有美音。"

自咏

游戏人间[①]岁月多，痴顽将奈此翁何？

放开绳箠牛初熟，照破乾坤境[②]未磨。

日落苔矶闲把钓，雨余蓬舵乱堆蓑。

明朝不见知何处？又向江湖醉踏歌。

① 游戏人间：以人生为游戏，玩世不恭。② 境：当作镜。

客意

山行曳杖水拏舟，走遍茫茫禹画州[①]。

蝴蝶梦[②]魂常是客，芭蕉身[③]世不禁秋。

早因食少妨高卧[④]，晚忆茶甘作远游。

龙焙一尝端可去，无心更为荔枝留。

① 禹画州：相传大禹的时候，分天下为“九州”。② 蝴蝶梦：人生如幻梦。《庄子·齐物论》:“昔者庄周梦为蝴蝶，栩栩然蝶也。自喻适志与，不知周也。俄然觉，则蘧蘧然周也。不知周之梦为蝴蝶与？蝴蝶之梦为周与？”③ 芭蕉身：《维摩诘所说经·佛国品》:“是身如芭蕉，中无有坚。”④ 高卧：指隐居不仕。

忆山南

貂裘宝马梁州日，盘槊横戈一世雄。
怒虎吼山争雪刃①，惊鸿出塞避雕弓。
朝陪策画清油②里，暮醉笙歌锦幄中。
老去据鞍犹矍铄，君王何日伐辽东③？

① 雪刃：闪亮锋利的刀剑。② 清油：代指军幕。因军帐外幕布漆以清油（桐油），故称。③ 辽东：指讨伐金国，收复失地。

醉墨淋漓洒百杯，辕门①山色碧崔嵬。
打球②骏马千金买，切玉名刀③万里来。
结客渔阳时遣简，踏营渭北夜衔枚④。
十年一梦今谁记？闲置车中只自哀。

① 辕门：古代将帅营帐、官署的外门。② 打球：打马球运动，人们骑在马上用棍棒打球。③ 切玉名刀：形容刀剑十分锋利，切玉就像切泥土一样。④“结客”“踏营”二句：指陆游夜晚衔枚渡渭水进入金占区与北方义士秘密联络的情形。自注：“予在兴元日，长安将士以申状至宣抚司，皆蜡弹，方四五寸绢，虏中动息

必具报。”衔枚，指行军时口中衔着枚，以防出声。

追感梁、益旧游有作

西游万里①倚朱颜，肯放尊前一笑悭②。
蜀苑妓围欺夜雪，梁州猎火满秋山。
晚途忽堕尘埃里，乐事浑疑梦寐间。
浮世③变迁君勿叹，剧谈犹足诧乡关④。

① 西游万里：指陆游川陕的经历。② 悭（qiān）：缺欠。③ 浮世：人间，人世。④ 乡关：故乡，家乡。

奏乞奉祠，留衢州皇华馆待命〔一〕

世念萧然冷欲冰，更堪衰与病相乘①。
从来幸有不材木②，此去真为无事僧。
耐辱岂惟容唾面？寡言端拟学铭膺③。
尚余一事犹豪举，醉后龙蛇④满剡藤⑤。

〔一〕先生自建安至铅山、玉山、常山，遂达衢州。

① 相乘：交互侵袭。② 不材木：不材之木。《庄子·人间世》：“是不材之木也，无所可用，故能若是之寿。”③ 铭膺：铭刻肺腑。④ 龙蛇：形容书法笔势劲健。⑤ 剡藤：名纸。剡溪出产的藤可以造纸，享有盛名。

寓馆晚兴

随牒[①]人间不自怜，衢州孤驿更萧然。
百年细数半行路，万事不如长醉眠。
发短经秋真种种[②]，腹宽耐事[③]只便便。
晚窗商略[④]唯当饮，安得黄花[⑤]到眼边？

①随牒：授官的委任状。②种种：短发各种各样的状态。③耐事：以忍让处事。④商略：商讨；估计。⑤黄花：菊花。

三月二十一日作〔一〕

蹴踘墙东一市哗，秋千楼外两旗斜[①]。
及时小雨放桐叶，无赖[②]余寒开楝花。
明月吹笙思蜀苑，软尘[③]骑马梦京华。
欢情减尽朱颜改，节物催人只自嗟。

〔一〕淳熙七年庚子，五十六岁。

①“蹴踘”句：指清明节期间的踢球和荡秋千活动。蹴踘，即蹴鞠，以脚蹴、踢球的活动，类似足球。②无赖：不识趣的，无聊。③软尘：飞扬的尘土。指都市的繁华热闹。

与黎道士小饮，偶言及曾文清公，慨然有感

临川税驾[①]忽数月，嗜睡爱闲常闭门。
君诗始惬病僧意，吾道难为俗人言。

秋雨凄凄黄叶寺，春风酣酣绿树村。

曾公[②]九原不可作[③]，一尊破涕诵《招魂》[④]。

① 税驾：解驾停车，指休息或归宿。税，通“脱”。② 曾公：曾几，谥号文清。陆游《曾文清公墓志铭》:“乾道二年五月戊辰，卒于平江府逮之官舍，享年八十三。”③ 九原不可作：九原，山名，指墓地。九原为春秋时晋国卿大夫的墓地所在。九原可作，指设想使死者复生。《国语·晋语八》载赵文子与叔向游于九原，曰:“死者若可作也，吾谁与归?”作，兴，兴起。④ 招魂：屈原作《招魂》，有“魂兮归来！反故居些”。

夜意

洒地移床曲槛前，葛衣萧爽接篱偏。

庭空秋近露沾草，月落夜阑星满天。

静待微风停素扇，旋消残酒漱寒泉。

翛然自与氛埃[①]远，安用骑鲸[②]学水仙？

① 氛埃：污浊之气，尘埃。② 骑鲸：骑在鲸鱼背上，喻隐遁海上。典出汉扬雄《羽猎赋》:“乘巨鳞，骑京鱼。”李善注:“京鱼，大鱼也，字或为鲸。”指修仙得道。

初秋

湿萤[①]相逐照高栋，又见一年风露秋。

流落江湖常踽踽[②]，扫平河洛转悠悠。

簿书终日了官事，尊酒何时宽客愁？
拟倩[3]天风吹梦去，浩歌起舞散花楼[4]。

① 湿萤：古人以为萤为腐草所化，生于潮湿的地下，故称。② 踽踽（jǔ）：独自走路孤零零的样子。③ 倩：请。④ 散花楼：在成都，隋时蜀王杨秀所建。

别杨秀才

岁暮江头又语离，淡烟衰草不胜悲。
俗人愦愦[1]宁知子？心事悠悠欲语谁。
灯暗想倾浇闷酒，路长应和赠行诗。
人生但要身强健，一笑相从[2]自有时。

① 愦愦（kuì）：昏庸；糊涂。② 相从：跟随，在一起。

行至严州寿昌县界，得请许免入奏，仍除外官，感恩述怀〔一〕

晓传尺一[1]到江村，拜起朝衣渍泪痕。
敢憾帝城如日远，喜闻天语似春温。
翰林惟奉还山[2]诏，湘水空招去国魂。
圣主恩深何力报？时从天末望修门[3]。

〔一〕先生自蜀归山阴，后一出官于建安，再官于抚州。自抚州谢事，后至高安一行，又还至严州，得免入奏之命，从此又归山阴矣。集中为第十及十一、十二卷诸诗，此所抄仅七律十余首，故不能评其行踪。

① 尺一：即尺一牍，古代诏板长一尺一寸，故称天子的诏书为尺一。② 还山：致仕；退隐。③ 天末望修门：从极远的地方遥望京都。

新筑山亭戏作〔一〕

危槛①凌风出半空，怪奇造化欲无功。
天垂缭白萦青②外，人在纷红骇绿③中。
日月匆匆双转毂④，古今杳杳一飞鸿⑤。
酒酣独卧林间石，未许尘寰识此翁。

〔一〕淳熙八年辛丑，五十七岁。

① 危槛：高亭上的栏杆。② 缭白萦青：青山白水互相环绕。③ 纷红骇绿：形容花叶随风摆动。红，即红花。骇，即散乱。绿，即绿叶。④ 转毂：飞转的车轮。⑤ 杳杳一飞鸿：形容时间易逝，人生渺茫。

自咏

三十年前接俊游①，即今身世寄沧洲②。
俚声③不办谐韶頀④，暮气宁能彻斗牛⑤。
绿酒可人消永日，黄鹂多事管闲愁。
吹笙跨鹤⑥何时去？剩欲⑦平章⑧太华秋。

① 俊游：尽兴游玩。② 沧洲：水滨之地，隐居之所。③ 俚声：流俗的民间乐曲。④ 韶頀（sháo hù）：古代的音乐，泛指雅正的古乐。⑤ 彻斗牛：透彻天空。斗牛，即斗牛二星。⑥ 吹笙跨鹤：比喻指得道成仙。刘向《列仙传·王子乔》："王子乔者，周灵王太子晋也。好吹笙，作凤凰鸣。游伊洛之间，道士浮丘公接以上嵩高山。三十余年后，求之于山上，见桓良曰：'告我家：七月七日待我于缑（gōu）氏山巅。'至时，果乘白鹤驻山头，望之不得到，举手谢时人，数日而去。"⑦ 剩欲：颇欲，很想。⑧ 平章：商议，商酌。

感秋

南山射虎漫豪雄，投老还乡一秃翁。
世味扫除和蜡尽[1]，生涯零落并锥空[2]。
秋惊蠹叶凋残绿，病著衰颜失旧红。
笠泽松陵[3]家世事，一竿惟是待西风。

① 蜡尽：蜡油干而烛熄灭。② 锥空：即锥无。③ 笠泽松陵：指晚唐诗人陆龟蒙。陆龟蒙居松江甫里，时谓江湖散人，号甫里先生。唐陆广微《吴地记》："松江一名松陵，又名笠泽。"

冬暖颇有春意，追忆成都昔游，怅然有作

濯锦江边罨画楼[1]，金鞭曾护犊车游。
纷纷万事反乎覆，落落一身淹此留。
刻烛赋诗空入梦，倾家酿酒不供愁。

探春歌吹应如昨，亦有朋侪记我不？

① 罨（yǎn）画楼：在今四川成都锦江区。

冬夜不寐，至四鼓起，作此诗

秦吴万里车辙遍，重到故乡如隔生[①]。
岁晚酒边身老大，夜阑枕畔书纵横。
残灯无焰穴鼠出，槁叶有声村犬行。
八十将军能灭虏[②]，白头吾欲事功名[一][③]。

〔一〕自注：高丽有谶云：当有八十老将平之。李英公实膺是谶。

① 隔生：隔世。②“八十”句：唐李勣八十大破东突厥、高丽，成为唐朝开疆拓土的主要战将之一。李勣原名徐世勣，字懋功，后赐姓李，累封英国公。陆游自注：“高丽有谶云：‘当有八十老将平之。’李英公实膺是谶。”③ 事功名：做一番事业。

夜饮示坐中

胡雁叫群寒夜长，峥嵘北斗天中央。
达人[①]大观[②]眇万物，烈士壮心怀四方。
纵酒长鲸渴吞海，草书瘦蔓饱经霜。
付君诗卷好收拾，后五百年无此狂。

① 达人：通达世务人情的人。② 大观：宏远的观物察情。

独孤生策字景略，河中人。工文善射，喜击剑，一世奇士也。有自峡中来者，言其死于忠涪间，感涕赋诗

忆昨骑驴入蜀关，旗亭[1]邂逅一开颜。
气钟[2]太华中条[3]秀，文在先秦两汉间。
宝剑凭谁占斗气，名驹竟失养天闲[4]。
身今老病投空谷[5]，回首东风涕自潸。

①旗亭：古代酒家筑亭道旁，挑旗门前，故称旗亭。②钟：汇聚。③太华中条：华山和中条山。④天闲：皇帝养马的地方。⑤空谷：空寂幽深的山谷。借指隐居的地方。

夜泊水村〔一〕

腰间羽箭久凋零，太息燕然未勒铭[1]。
老子犹堪绝大漠[2]，诸君何至泣新亭[3]？
一身报国有万死，双鬓向人无再青。
记取江湖泊船处，卧闻新雁落寒汀。

〔一〕淳熙壬寅，五十八岁。

①燕然未勒铭：未在燕然山刻石铭功。《后汉书·窦宪传》："(窦宪)与北单于战于稽落山，大破之……宪、秉遂登燕然山，去塞三千余里，刻石勒功，纪汉威德，令班固作铭。"后以"勒铭燕然"比喻战功卓著。②绝大漠：横渡大沙漠。③泣新亭：指痛心国难而无可奈何之情。《世说新语·言语》："过江诸人，每至美日，辄相邀新亭，借卉饮宴，周侯中坐而叹曰：'风景不殊，正自有山河之异。'皆相视流泪。"

夜步庭下有感

夜绕庭中百匝[①]行，秋风传漏忽三更。
星辰北拱疏还密，河汉西流纵复横。
惊鹊绕枝[②]栖不稳，冷萤穿竹远犹明。
书生老抱平戎志，有泪如江未敢倾。

①百匝（zā）：即百匝千遭，来来回回。百、千，极言其多，非实指。匝，环绕一周，环绕。②惊鹊绕枝：惊飞的鹊儿飞绕在树的枝干。

题酒家壁

明主何曾弃不才[①]，书生飘泊自堪哀。
烟波东尽江湖远，云栈[②]西从陇蜀回。
宿雨送寒秋欲晚，积衰成病老初来。
酒香菰脆丹枫岸，强遣樽前笑口开。

①“明主”句：化用孟浩然《归故园作》中的“不才明主弃”句。②云栈：悬于半空，极高峻的栈道。

幽居感怀[一]

偶傍枫林结数椽，东归也复度流年。
汀洲雁下依残水[①]，墟里人行破夕烟。

十月风霜欺客枕[2]，五更鼓角满江天。

散关清渭[3]应如昨，回首功名一怆然。

〔一〕淳熙十年癸卯，五十九岁。

① 残水：零零星星的水域。② 客枕：旅途中夜宿。③ 散关清渭：散关，即大散关，在陕西宝鸡西南大散岭上，扼川陕，古来交通要道。清渭，即渭水。渭水清，泾水浊。

自若耶溪[1]舟行杭镜湖[2]而归

换马亭前烟火微，斗牛桥畔行人稀。

云山惨澹少颜色，霜日青薄无光辉。

新酒筥[3]成桑正落，美人信断雁空归。

高楼何处吹长笛，清泪无端又湿衣。

① 若耶溪：今称平水江，在绍兴境内。② 镜湖：即鉴湖，浙江名湖之一。

游山归偶赋

此生本寄一浮沤[1]，归卧茅茨又四秋[2]。

习气未除惟痛饮，幻躯偶健且闲游。

买蓑山县云藏市，横笛江城月满楼。

与世沉浮最安乐，莫思将相快恩仇[3]。

① 浮沤：水面上的泡沫。② 四秋：春、夏、秋、冬四季的收成。此指年岁。③ 快恩仇：快意恩仇，指干脆利落，不瞻前顾后。

苦寒

冻砚时能出苦吟[1]，浊醪亦复慰孤斟。
谁知冰雪凝严候？自是乾坤爱育心。
疠鬼尽驱人意乐，遗蝗一洗麦根深。
但嫌景短[2]妨书课，栖鸟纷纷又满林。

① 苦吟：句斟字酌，反复推敲。② 景短：（冬日）白昼变短。

冬夜月下作

造物宁能困此翁，浩歌庭下答松风。
煌煌斗柄插天北，焰焰月轮生海东。
皂纛黄旗[1]都护府[2]，峨冠长剑大明宫[3]。
功名晚遂从来事，白首江湖未叹穷[4]。

① 皂纛（dào）黄旗：黑、黄色大旗。② 都护府：汉、唐等时代朝廷设置在边境的军事机关。③ 大明宫：唐朝的宫殿，唐朝正宫中规模最大的一座。④ 穷：特指不得志，与“达”相对。

感愤

今皇神武是周宣[1]，谁赋南征北伐篇[2]？
四海一家天历数，两河百郡宋山川。
诸公尚守和亲策[3]，志士虚捐少壮年。
京洛雪消春又动，永昌陵[4]上草芊芊[5]。

①“今皇”句：当今皇帝宋孝宗神明英武，如周宣王收复失地、开疆拓土。②“谁赋”句：形容转战南北，经历了许多战斗。《诗经·六月》:“猃狁孔炽，我是用急。王于出征，以匡王国。”记叙周宣王北伐猃狁的事。《诗经·采芑》:“显允方叔，征伐猃狁，蛮荆来威。”赞美周宣王卿士、大将方叔南征荆蛮之事。③ 和亲策：指统治者或首领之间出于各种目的而达成的一种政治联姻。此代指南宋的妥协及签订绍兴和议。④ 永昌陵：北宋皇陵，在今河南巩义。⑤ 芊芊：草木茂盛。

塞上

塞上今年有事宜，将军承诏出全师。
精金错落八尺马，刺绣鲜明五丈旗。
上谷飞弧[1]传号令，萧关积石列城陴[2]。
不应幕府无班固，早晚燕然刻颂诗[3]。

① 飞弧：利箭。② 城陴（pī）：城郭。③“不应”“早晚”二句：指东汉窦宪破北匈奴登燕然山刻石记功，随军出征的班固撰《封燕然山铭》。

囚山

垣屋[①]参差绿树边，囚山光景饯华颠。
平川极目思秦地，大泽浮空忆楚天。
刺虎射麋俱已矣，举杯开剑忽凄然。
此生终遣英雄笑，棘没铜驼[②]六十年。

①垣屋：围墙和房屋。②棘没铜驼：荆棘长得又多又深，把铜骆驼像都盖住了。形容山河残破、世乱荒凉的景象。铜驼，指都城宫门外的铜骆驼。

夏日小宴〔一〕

横吹铜笛苍龙声，双奏玉笙丹凤鸣。
已判百年终醉死，要将一笑压愁生。
旋移画舫破山影，高卷朱帘延月明。
试问炎歊[①]在何许？夜阑翻[②]怯葛衣轻。

〔一〕甲辰，六十岁。

①炎歊（xiāo）：暑热。②翻：同“反”，反而。

闻虏政衰乱，扫荡有期，喜成口号

正朔[①]今年被百蛮，遥知喜色动天颜。
风雷传号临春水[②]，貔虎[③]移军过玉关。

博士[4]已成封禅草[5]，单于[6]将就会朝班。

孤臣老抱周南憾[7]，壮观空存梦想间。

①正朔：古代封建王朝正统地位。②“风雷”句：指金世宗出巡春水。《剑南诗稿》陆游自注：“春水，虏都名。”③貔虎：貔和虎，比喻勇猛的将士。④博士：古代为官名，掌管书籍文典、教授生徒的官职。⑤封禅（shàn）草：封禅书。封禅，帝王祭天地的大型典礼。⑥单（Chán）于：汉时匈奴人对其君主的称呼。⑦周南憾：指讨伐金人，收复失地的遗憾。

遗虏游魂岂足忧？汉家方运幄中筹。

天开地辟逢千载，雷动风行遍九州。

刁斗[1]令严青海夜，旌旗色照铁关秋。

功名自是英豪事，不用君王万户侯。

①刁斗：古代军用器具，白天可作炊具，夜间敲击以巡更。

山寺

寺门压石危欲崩，槎牙老松挂苍藤。

风传上方[1]出定磬[2]，雨暗古殿长明灯。

宿林野鹘惊复起，争栗山童呼不应。

溪南闻道更幽绝[3]，明日裂布缝行縢[4]。

①上方：寺庙住持居住的内室。②磬：佛寺中钵形的铜乐器。③幽绝：极清幽之处。④行縢（xíng téng）：一种缠裹小腿

的布帛。行縢，取行走轻便之意。

野饮

青山千载老英雄，浊酒三杯失厄穷。

访古颓垣荒堑[1]里，觅交屠狗卖浆[2]中。

平堤渐放春芜绿，细浪遥翻夕照红。

已把残年付天地，骑牛吹笛伴村童。

① 颓垣荒堑：倒塌的墙壁，荒废了的城壕。② 屠狗卖浆：以卖酒、杀狗为业的人。

独酌有怀南郑

忆从嶓冢[1]涉南沮，笳鼓声酣醉胆粗。

投笔书生[2]古来有，从军乐事世间无。

秋风逐虎花叱拨，夜雪射熊金仆姑[3]。

白首功名元未晚，笑人四十叹头颅[4]。

① 嶓冢（bō zhǒng）：山名，在今甘肃天水与礼县之间。② 投笔书生：指东汉班超。《后汉书·班超传》载班超家贫，常为官佣书以供养。投笔叹曰："大丈夫无它志略，犹当效傅介子、张骞立功异域，以取封侯，安能久事笔砚间乎？" ③ 金仆姑：箭名，泛指良箭。④"笑人"句：可笑有人才四十岁，就感叹衰老。

夜步

市人莫笑雪蒙头[①]，北陌南阡信脚游。
风递钟声云外寺，水摇灯影酒家楼。
鹤归辽海逾千岁，枫落吴江又一秋。
却掩船扉耿无寐，半窗落月照清愁。

① 雪蒙头：满头白发。

偶读山谷老境五十六翁之句，作六十二翁吟

三百里湖水接天，六十二翁身刺船[①]。
饭足便休慵念禄，丹成不服怕登仙。
胸中浩浩了无物，世上纷纷徒可怜。
但有青钱[②]沽白酒，犹堪醉倒落梅前。

① 刺船：撑船。② 青钱：即青铜钱。

书愤

早岁那知世事艰[①]？中原北望气如山[②]。
楼船夜雪瓜洲渡[③]，铁马秋风大散关。
塞上长城空自许[④]，镜中衰鬓已先斑。
出师一表真名世，千载谁堪伯仲间。

①世事艰：指收复中原的大事艰难。②气如山：豪情万丈如山之高。③瓜洲渡：长江下游的重要渡口，位于长江北岸，为古运河的入江口。④“塞上长城”句：指抗敌报国的宏愿落空。

临安春雨初霁

世味[①]年来薄似纱，谁令骑马客京华[②]？

小楼一夜听春雨，深巷明朝卖杏花。

矮纸[③]斜行闲作草，晴窗细乳戏分茶[④]。

素衣[⑤]莫起风尘叹，犹及清明可到家〔一〕。

〔一〕先生还自蜀中，一为江西常平，即归山阴数年，今始入朝，旋即还山。此诗之末句已决矣。考其时，当在孝宗淳熙十三年丙午之春。

①世味：世事社会的滋味。②京华：京城，指临安。③矮纸：短笺。④分茶：宋元时煎茶的方法，使茶水水纹脉络形成物象的茶道。⑤素衣：白色的丝制衣服。

小舟过御园

圣主忧民罢露台[①]，春风别苑[②]昼常开。

尽除曼衍鱼龙戏，不禁刍荛雉兔来。

水鸟避人横翠霭，宫花经雨委苍苔。

残年自喜身强健，又作清都[③]梦一回。

①露台：表演奏乐歌舞的平台，上无顶盖、旁无遮拦。此指歌舞百戏。②别苑：皇家园林。③清都：帝王居住的都城。

水殿[1]西头起砌台，绿杨闹处杏花开。
箫韶本与人同乐，羽卫[2]才闻岁一来。
鹢首[3]波生涵藻荇，金铺[4]雨后上莓苔。
远臣侍宴应无日，目断尧云[5]到晚回。

①水殿：临水边的宫殿。②羽卫：帝王的卫队和仪仗。③鹢首：泛指船。古代画鹢鸟于船头，故称。④金铺：金饰铺首。即门扉上的金环形饰物，大多冶兽首衔环之状。⑤尧云：天空的彩云。古代传说中的两位贤君尧舜，人民称颂其盛德用“尧天舜日”，故称。

还家

富贵元须早致身[1]，白头岂复市朝[2]人？
数声鹎鵊[3]呼残梦，一架酴醾送晚春。
叠嶂出云明客眼，澄江涨雨濯京尘。
逢人枉道哦诗瘦，下语今年尚未亲。

①“富贵”句：化用杜甫《乾元中寓居同谷县作歌七首》：“长安卿相多少年，富贵应须致身早。”②市朝：指争名逐利的地方。③鹎鵊（bēi jiá）：鸟名，俗称催明鸟。

天津桥[1]上醉骑驴，一锦囊诗一束书[2]。
作客况当多病后，还家已过暮春初[一]。
泥深村巷人谁顾？草满园畦手自锄。

不为衰迟思屏迹[3]，此心元向利名疏。

〔一〕三月即归，计先生在京不过月余。

① 天津桥：在河南洛阳。始建于隋，隋唐桥横跨于穿城而过的洛河上，是连接洛河两岸的交通要道。②“一锦囊”句：一袋子诗稿一捆书。锦囊，用锦织成的袋子，古人多用以放诗稿或藏贵重物品。一束书，一捆书。③ 屏（bǐng）迹：隐居。

夜行玉笥[1]樵风[2]之间宿龙瑞[3]

野店[4]溪桥供晚饷，吟边[5]醉里弄春风。

马行缺月黄昏后，钟下乱山空翠中。

名宦不辞成寂寂，岁时惟憾去匆匆。

颇闻禹穴[6]遗书在，安得高人与细穷？

① 玉笥（sì）：山名，即宛委山。位于若耶溪畔，是会稽山诸峰之一。在今浙江绍兴东南。② 樵风：典出《后汉书·郑弘传》，汉太尉郑弘尝采薪，得神人遗箭还之，神人问“何所欲？”曰：“常患若邪溪载薪为难，愿旦南风，暮北风。”后果然。后因以“樵风”指顺风，好风。③ 龙瑞：道教胜迹，在今浙江绍兴会稽山东南。④ 野店：指乡村旅舍。⑤ 吟边：吟咏中，诗词的意境里。⑥ 禹穴：相传为夏禹的葬地。在今浙江省绍兴会稽山。

题斋壁〔一〕

二十余年此结茆[1]，园公溪父日论交。

风翻半浦乱荷背，雨放一林新笋梢。

隔叶晚莺啼谷口，唼花雏鸭[2]聚塘坳。

出门行罢还无事，借得丹经手自抄。

〔一〕淳熙十三年丙午，六十二岁。

① 结茆（máo）：编茅为屋，谓建造简陋的屋舍。② 唼（shà）花雏鸭：小鸭子将落花当作食物。

四顾茫茫水接天，幽居真个似乘船。

月窗竹影连栖鹊[1]，露井桐声带断蝉[2]。

甘寝每憎茶作祟，清狂[3]直以酒为仙。

形骸那得常羁束？六十年来又二年。

① 栖鹊：栖息的喜鹊。② 断蝉：蝉鸣声间断、停顿，故称。③ 清狂：指清越潇散，放逸不拘。

舴艋[1]为家一老翁，阳狂羞与俗人同。

梦回菱曲[2]渔歌里，身寄蘋洲蓼浦中。

断简尘埃存治道[3]，高丘草棘闭英雄。

旗亭村酒何劳醉？聊豁平生芥蒂胸。

① 舴艋：舴艋舟，小船。② 菱曲：采菱曲。③ 治道：君主治理天下的规则。

稽山千载翠依然，著我山前一钓船。

瓜蔓水平芳草岸，鱼鳞云衬夕阳天。

出从父老观秧马[1]，归伴儿童放纸鸢。

君看此翁闲适处，不应便谓世无仙。

① 秧马：古代农具，用于水稻插秧和拔秧。

官居戏咏〔一〕

万里飘然似断蓬①，桐庐江②上又秋风。

判余牍尾栖鸦湿③，衙退庭中立雁空④。

灯火市楼知酒贱，歌呼村里觉年丰。

谁言病守无欢意？也与他人一笑同。

〔一〕先生于丙午秋知严州。

① 断蓬：干枯根断，遇风飞旋的蓬草。② 桐庐江：又称桐江，在今浙江桐庐县。③“判余”句：文书写完墨色未干。鸦湿，因鸦羽毛颜色黑，故称。④ 立雁空：指衙役退出。立雁，指衙役站立貌。

说著功名即自羞，暮年世味转悠悠。

一庭落叶楸梧老，万里悲风鼓角①秋。

怀绶②不为明日计，登楼且散异乡愁。

渔舟大似非凡子，能拣溪山胜处留。

① 鼓角：战鼓和号角。② 怀绶：怀揣官印。《汉书·朱买臣传》:“拜为太守，买臣衣故衣，怀其绶印，步归郡邸。”

城头闲倚一枝藤，病起清羸不自胜①。

衙鼓有期催晚坐②，絛铃③无赖唤晨兴。

爱书习气嗟犹在，寡过④工夫愧未能。

寂寞已无台省梦，诸公衮衮⑤自飞腾。

① 不自胜：谓自己不能承受。② 晚坐：夜色中独坐。③ 絛铃：铃。絛，铃上的丝带、丝绳。④ 寡过：少犯错误。⑤ 衮衮：纷繁众多的样子。

登北榭

绕城山作翠涛[①]倾，底事文书日有程。

无溷我[②]为挥吏散，独登楼去看云生。

香浮鼻观[③]煎茶熟，喜动眉间炼句成。

莫笑衰翁淡生活，他年犹得配玄英〔一〕[④]。

〔一〕自注：方干有《千峰榭》诗。

① 翠涛：翠绿的树林。② 无溷（hùn）我：不扰乱我。③ 鼻观：嗅觉。④ 玄英：方玄英，即方干。

秋夜闻雨

香断灯昏小幌[①]深，不堪病里值秋霖[②]。

惊回万里关河梦[③]，滴碎孤臣犬马心。

清似钓船闻急濑，悲于静院听繁砧。

玉峰老去情怀恶，稳受千茎雪鬓侵〔一〕。

〔一〕自注：韩致光诗云："不知短发能多少，一滴秋霖白一茎。"

① 幌（huǎng）：窗帘；帷幔。② 秋霖：秋雨。霖，久下不停的雨。③ 万里关河梦：在抗敌前线，杀敌报国的梦想。万里关河，即陆游在四川宣抚使王炎幕府时的汉中南郑、大散关一带。

自咏

钝似窗间十月蝇，淡如世外一孤僧。

心劳抚字[1]虽亡补，笔判虚空[2]却粗能[3]。

厌见文书衔客袖[4]，但思疏水曲吾肱[5]。

何时却宿云门寺？静听霜钟对佛灯。

①抚字：慰问；安抚。②笔判虚空：《禅林宝训》载或庵禅师逝，郡守曾公偈曰："翩翩只履逐西风，一物浑无布袋中。留下陶泓将底用，老夫无笔判虚空。"（陶泓，砚名。）③粗能：略微能够。④衔客袖：装在客人袖子里。⑤疏水曲吾肱（gōng）：《论语·述而》："饭疏食，饮水，曲肱而枕之，乐亦在其中矣。不义而富且贵，于我如浮云。"

醉中戏作

当年买酒醉新丰[1]，豪士相期意气中。

插羽军书立谈办，如山铁骑一麾空。

玉关久付清宵梦，笠泽[2]今成白发翁。

堪笑灯前如意舞，尚将老健压诸公。

①新丰：地名，古代盛产美酒。在今陕西临潼东北。②笠泽：太湖的别称。这里指陆游。

安流亭俟客不至，独坐成咏

忆昔西征鬓未霜，拾遗[1]陈迹吊微茫。
蜀江春水千帆落，禹庙空山百草香。
马影斜阳经剑阁，橹声清晓下瞿唐。
酒徒[2]云散无消息，水榭凭栏泪数行。

①拾遗：官职名。这里指杜甫，杜甫曾为左拾遗。②酒徒：酒空。

秋雨北榭作

秋风吹雨到江濆[1]，小阁疏帘晓色分。
津吏[2]报增三尺水，山僧归入万重云。
飘零露井无桐叶，断续烟汀有雁群。
了却文书早寻睡，檐声[3]遍爱枕间闻。

① 江濆（fén）：江滨。② 津吏：古代管理渡口、桥梁的官吏。③ 檐声：指屋檐滴雨的声音。

病起小饮

病起新霜[1]满鬓蓬，凭高一笑与谁同？
酒如渌静[2]春江水，人有鸿荒[3]太古风。
野寺钟来夕阳外，寒山空插乱云中。

一官正尔妨人乐，只合沧浪狎钓翁。

① 新霜：指白发。② 渌静：水清澈平静。③ 鸿荒：本指世界浑沌蒙昧的状态。此指人天然质朴。

灯下阅吏牍有感

老眼今年太负渠，羲经鲁史[1]顿成疏。

一为柱后惠文[2]吏，厌读司空城旦书[3]。

正苦雁行须束缚，不言鼠辈合诛鉏。

致君尧舜[4]元无术，黄卷何辞饱蠹鱼。

① 羲经鲁史：羲经，指《易》，相传伏羲始作八卦，故称。鲁史，指《春秋》。② 柱后惠文：柱后、惠文皆法冠名。执法官、御史等所戴，后用为其代称。《汉书·张敞传》："初，敞为京兆尹，而敞弟武拜为梁相。……敞问武，欲何以治梁，……武应曰：'驭黠马者利其衔策，梁国大都，吏民凋敝，且当以柱后、惠文弹治之耳。'" ③ 司空城旦书：以刑律方面的处罚指代儒家及儒家经典。司空：主管狱囚之官。城旦，秦汉时期一种刑罚的名称。"司空"管理"城旦"犯人。秦代焚烧儒典，窦太后以刑罚之名称儒家书为"司空城旦书"。《史记·儒林列传》："窦太后好《老子》书，召辕固生问《老子》书。固曰：'此是家人言耳。'太后怒曰：'安得司空城旦书乎？'" ④ 致君尧舜：辅佐帝王成为圣明君主。

纵笔

闲经月下白蘋洲，半脱风前紫绮[1]裘。

曾值东风谒鸾驾，却因南渡看龙舟。

年光已付梦腾醉，天宇谁从汗漫游？
莫怪又成横笛去[②]，故人期我玉华楼[一]。

〔一〕自注：玉华楼在青城山丈人观。

① 紫绮：紫色有花纹的丝织品。② 横笛去：指壮志未酬。

东都宫阙郁嵯峨[一][①]，忍听胡儿敕勒歌。
云隔江淮翔翠凤[②]，露沾荆棘没铜驼[③]。
丹心自笑依然在，白发将如老去何？
安得铁衣三万骑？为君王取旧山河！

〔一〕东都，指汴京。

① 嵯峨：山高耸。② 翠凤：天子乘翠羽装饰的凤车。借指南宋帝王。③ 荆棘没铜驼：《晋书·索靖传》："靖有先识远量，知天下将乱，指洛阳宫门铜驼，叹曰：'会见汝在荆棘中耳！'"荆棘铜驼，后指亡国后的残破景象。

行省[①]当年驻陇头[一]，腐儒随牒亦西游[②]。
千艘冲雪鱼关晓[③]，万灶连云骆谷[④]秋。
天道难知胡更炽，神州未复士堪羞。
会须沥血书封事，请报天家九世仇。

〔一〕行省，谓蜀帅王炎辈开幕府于陇蜀。

① 行省：指四川宣抚使王炎开幕府于陇蜀。②"腐儒"句：陆游于乾道八年（1172）正月，应王炎之邀，前往南郑（今汉中）任四川宣抚司干办公事兼检法官，投身军旅生活。③"千艘"句：船只冒雪漕运大批粮食在黎明时到达嘉陵江上游的鱼关（今甘肃徽县虞关乡）。④ 骆谷：地名，为关中与汉中的交通要道。在今陕西周至西南。

雪夜有感

狂胆轮囷①欲满躯，一麾谁悯滞江湖？

青衫曾奏三千牍，白首犹思丈二殳②。

龙虎翔空瞻王气，犬羊度漠避天诛。

何时冒雪趋行殿③，香案前头进阵图④。

① 轮囷：盘曲硕大的样子。② 丈二殳（shū）：古代兵器，长一丈二尺，用竹、木制成。③ 行殿：即行宫。皇帝出行在外时所居住的宫室。④ 阵图：这里指行军布阵的地图。

读书〔一〕

束发①论交一世豪，暮年憔悴困蓬蒿。

文辞博士书驴券②，职事参军判马曹③。

病里犹须看周易，醉中亦复读离骚。

若为可奈功名念，试觅并州快剪刀。

〔一〕淳熙十四年丁未，六十三岁。

① 束发：束扎发髻。指代成童的年龄。古代汉族男儿15岁时束发为髻，20岁时行冠礼。②“文辞”句：北齐颜之推《颜氏家训勉学》：“问一言辄酬数百，责其指归，或无要会。邺下谚云：‘博士买驴，书券三纸，未有驴字。’”这里指才能不为所用。③“职事”句：此指不尽职守。《晋书·王徽之传》：“徽之……为车骑桓冲骑兵参军，冲问：‘卿署何曹？’对曰：‘似是马曹。’又问：‘管几马？’曰：‘不知马，何由如数。’又问：‘马比死多少？’曰：‘未知生，焉知死。’”

夜登千峰榭

夷甫[①]诸人骨作尘，至今黄屋尚东巡[②]。

度兵大岘[③]非无策，收泣新亭[④]要有人。

薄酿不浇胸垒块，壮图空负胆轮囷。

危楼插斗山衔月，徙倚长歌一怆神。

① 夷甫：王衍，字夷甫。西晋末年重臣，以清谈出名，居宰辅高位而不以经国为念。②“至今”句：指宋高宗渡江，建立南宋政权。这里陆游指斥南宋政权对恢复事业不关心。黄屋，皇帝所乘的黄稠盖车。③ 大岘（xiàn）：山名，在山东临朐（qú）县东南。东晋义熙五年（409）刘裕伐南燕，途经此。④ 泣新亭：即新亭对泣。指不忘故土。

登千峰榭

飞观危栏缥缈中，聊将醉眼送归鸿[①]。

一生未售屠龙技，万里犹思汗马功。

王衍诸人宁足责？姜维竖子自应穷[②]。

他年吊古凭高处，想见清伊照碧嵩[③]。

① 归鸿：迁徙的鸿雁。②“姜维”句：《三国志·姜维传》载：蜀汉后期，皇帝刘禅昏庸，朝政混乱，姜维继承诸葛亮北伐曹魏、兴复汉室的遗志，终无力回天。此借指南宋朝政混乱，兴复义士无望。③“想见”句：指收复中原失地的愿望。清伊，伊水，在河南洛阳东南。

秋夜登千峰榭待晓

万里秋风夜艾[①]时，剡川孤客[②]不胜悲。
读书眼暗定谁许，忧国涕零空自知。
欲坠高梧先策策，渐低北斗正离离。
倚阑不觉鸡号晓，剪烛题诗寄所思。

①夜艾：夜深。艾，即尽；停止。②剡川孤客：陆游自指。

严州大阅

铁骑森森帕首红[①]，角声旗影夕阳中。
虽惭江左繁雄[②]郡，且看人间矍铄翁。
清渭十年真昨梦，玉关万里又秋风。
凭鞍[③]撩动功名意，未憾猿惊蕙帐空[④]。

①帕首红：红色的头巾。②繁雄：繁华。③凭鞍：手按马鞍。④“未憾”句：指报效朝廷。南朝齐孔稚珪《北山移文》:“蕙帐空兮夜鹄怨，山人去兮晓猿惊。”

晓游东园

药瓢藜杖合施行，独往山林已歃盟[①]。
傍水断云[②]含暮色，拂檐高竹借秋声。

痴人自作浮生梦，腐骨那须后世名。
莫笑吟哦无阙日，老来未尽独诗情。

① 歃（shà）盟：歃血为盟。指古时盟会时，参加者将牲畜血涂在嘴唇上，以示诚心立盟。泛指发誓订盟。② 傍水断云：边沿的水与片断的云。

寓叹

江上霜风透敝袍，区区无奈簿书劳。
衰迟始忆壮游乐，仕宦更知归卧[①]高。
人怪羊裘忘富贵[②]，我从牛侩得贤豪[③]。
俗间问讯真成懒，有手惟堪把蟹螯。

① 归卧：辞官返乡。②“人怪”句：指严光披羊裘垂钓，不慕富贵。羊裘，代指隐士严光。③ 牛侩得贤豪：指东汉王君公，遭乱侩牛自隐。时称“避世墙东王君公”。典出《后汉书·逢萌传》。

剑外归耕梦不通，公车上疏[①]路何从？
有心求缩地万里，无羽可朝天九重。
狂诵新诗驱疟鬼，醉吹横笛舞神龙。
明当采药玉霄去，他日君看冰雪容[②]。

① 公车上疏：至官署进呈奏章。公车，汉代的官署名称，掌管徵召及受章奏。② 冰雪容：原意是吟咏神仙。此代指栖隐游仙之想。

寒夜移疾[1]

南山北山高嶙峋，朝雨暮雨断江津。

时人正作市朝梦[2]，老子已成云水身[3]。

希世强颜[4]心自愧，闭门谢病客生瞋。

天公何日与一饱？短艇湘湖自采莼〔一〕。

〔一〕自注：湘湖在萧山县，产莼极美。

① 移疾：古代官员上书称病。② 市朝梦：指争名夺利之梦。③ 云水身：云游四方之僧道。④ 希世强颜：迎合世俗，勉强欢颜。

走遍天涯白发生，晚叨微禄卧山城。

知章自识狂供奉[1]，士季那容醉步兵[2]？

斸药有时携短镵，奏书无路请长缨。

此心拟说还休去，付与空阶[3]夜雨声。

①“知章”句：唐贺知章赞赏李白的诗才，推荐于唐玄宗。唐玄宗封李白为供奉翰林。狂供奉，李白自称“我本楚狂人”。②“士季”句：《晋书·阮籍传》:“籍本有济世志，属魏、晋之际，天下多故，名士少有全者，籍由是不与世世，随酣饮为常。……钟会数以时事问之，欲因其可否而致之罪，皆以酣醉获免。”士季，钟会，字士季。步兵，阮籍累迁步兵校尉，世称阮步兵。③ 空阶：无人走的台阶。

述怀

尺寸虽无补县官，此心炯炯实如丹。

羯胡未灭敢爱死，尊酒在前终鲜欢。

亚父抱忠撞玉斗[①]，虞人守节待皮冠[②]。
纵言老病摧颓甚，壮气犹凭后代看。

①“亚父”句：《史记·项羽本纪》：“沛公旦日从百余骑来见项王，至鸿门……亚父受玉斗，置之地，拔剑撞而破之，曰：‘唉！竖子不足与谋。夺项王天下者，必沛公也，吾属今为之虏矣。’”亚父，范增，项羽尊其为父辈。②“虞人”句：《左传·昭公二十年》载：“齐侯田于沛，招虞人以弓，不进，曰：‘昔先君之田也，旃以招大夫，弓以招士，皮冠以招虞人。臣不见皮冠，不敢进。’”虞人，古代掌管山泽苑囿、田猎的官。

谤誉纷纷笑杀侬，此身本自等虚空。
大鹏境界纤尘里，旷劫[①]年光掣电中。
翻动烟霞长镵在，招呼风月一尊同。
是凡是圣谁能测？试问西陵织屦翁。

① 旷劫：极久远的时间。劫，佛教用语，一劫指世界成住坏空的一个周期。

到严，十五晦朔，郡酿不佳，求于都下，既不时至，欲借书读之，而寓公多秘不肯出，无以度日，殊惘惘也

桐君故隐[①]两经秋[②]，小院孤灯夜夜愁。
名酒过于求赵璧[③]，异书浑似借荆州[④]。
溪山胜处身难到，风月佳时事不休。
安得连车载郫酿，金鞭[⑤]重作浣花游[⑥]。

①桐君故隐：指严州。②两经秋：即经两秋，经过两年。此诗于淳熙十四年（1187）陆游作于严州任上，自淳熙十三年（1186）陆游到严州。③赵璧：赵惠文王所得楚和氏璧。④借荆州：三国时刘备借孙权的荆州。⑤金鞭：装有饰物的马鞭。⑥浣花游：指在四月十九日浣花节游赏。

北窗闲咏〔一〕

阴阴绿树雨余香，半卷疏帘置一床。

得禄仅偿赊酒券[1]，思归新草乞祠章。

古琴百衲[2]弹清散，名帖双钩[3]拓硬黄[4]。

夜出灞亭[5]虽跌宕，也胜归作老冯唐[6]。

〔一〕以上淳熙十五年戊申，六十四岁。

①赊酒券：赊酒时开的条据。②古琴百衲：百衲琴。百衲，补缀之多。③双钩：绘画技法之一，指用上下或左右两根线条钩描物象完整轮廓。④硬黄：一种经过涂蜡的纸，多用以临帖。⑤夜出灞亭：指李广被霸陵尉止宿事。⑥老冯唐：冯唐易老，形容老来难以得志。

感愤秋夜作〔一〕

月昏当户[1]树突兀，风恶满天云往来。

太阿匣藏不见用，孤愤书成空自哀。

吾辈赤心本贯日，昔人白骨今生苔。

荣河温洛不可见，青海玉关安在哉②？

〔一〕此时已自严州谢事还家矣。

① 当户：对着窗户。②“荣河”“青海”二句：指中原沦陷区不见收复，立功边塞的愿望落空。

反感愤〔一〕

膊膊①庭树鸡初鸣，嗈嗈②天衢雁南征。

百年朝露岂长久？万事浮云常变更。

出处有心终有愧，圣贤无命亦无成。

西畴③虽薄可自力，双犊且当乘雨耕。

〔一〕自注：明夜读前作而悲，乃复作此自解。

① 膊膊（bó）：象声词，禽鸣声。② 嗈嗈（yōng）：象声词，鸟叫声。③ 西畴：田野。

舟中大醉偶赋长句

过江何敢号高流①？偶与俗人风马牛②。

画楫新摇严濑③月，清尊又醉戴溪④秋。

壮心无复在千里，老气尚能横九州。

古寺试求三丈壁，为君驱笔战蛟虬〔一〕⑤。

○三句谓初离严州，四句谓已归山阴也。

① 高流：指才识境界高出一般者。② 风马牛：风马牛不相及。比喻两者之间毫不相干。③ 严濑：严陵濑，东汉严光隐居垂钓处。④ 戴溪：即剡溪。⑤ 蛟虬：蛟与虬，喻蟠曲，即盘曲的样子。此指书法。

新晴泛舟至近村，偶得双鳜而归

秋风一夜老汀蘋[①]，剡曲稽山发兴[②]新。

青嶂[③]会为身后冢，扁舟聊作画中人。

园林摇落[④]知寒早，父老逢迎觉意真。

归舍不妨成小醉，眼明细柳贯霜鳞[⑤]。

① 老汀蘋：水边的汀蘋植物衰枯。② 发兴：发生，兴起。③ 青嶂：青山。嶂，山横卧如屏障。④ 摇落：凋残，零落。⑤ 霜鳞：鱼。霜，指白色鱼鳞。

岁晚感怀〔一〕

利名争夺两皆非，生世宁殊露易晞[①]。

老冉冉来谁独免？冢累累处会同归。

听歌莫惜终三叠[②]，纵猎何妨更一围[③]？

醉卧日高呼不醒，笑人霜晓束朝衣。

〔一〕戊申年，六十四岁。

① 晞：干，干燥。② 三叠：古奏曲之法，词句的重叠反复，

亦称三迭。③ 更一围：再猎一围场。《北史·后妃·冯淑妃传》："周师之取平阳，帝（齐后主高纬）猎于三堆，晋州亟告急，帝将还。淑妃请更杀一围，帝从其言。"原意为不顾国家大事，纵情于畋猎之乐。陆游反用其意。

四鼓出嘉会门[①]赴南郊斋宫[一]

客游梁益[②]半吾生，不死还能见太平。
初喜梦魂朝帝所，更惊老眼看都城。
九重宫阙晨霜冷，十里楼台落月明。
白发苍颜君勿笑，少年惯听舜韶声[③]。

〔一〕先生以淳熙十五年除军器少监。前有《初到行在宿监中》等诗未抄。

① 嘉会门：南宋都城临安（今浙江杭州）南门。② 梁益：梁州和益州，陆游戎马之地。③ 舜韶声：圣贤之乐。这里指追慕古代圣贤。

马上作

三十年前客帝城[①]，城南结骑尽豪英。
湖山冷落悲陈迹，文字流传付后生。
衰老更禁新卧病，尘埃时拂旧题名。
马头风卷飞花过，又得残春一日晴。

①“三十”句：此诗作于淳熙十六年（1189），追溯高宗绍兴三十年（1160），陆游由福州决曹掾被荐到临安，以右从事郎为枢密院敕令所删定官，这是他入朝为官的开始。

送霍监丞出守盱眙

淮浦鳞鳞浸碧天，即今谁料作穷边。
空闻瓯脱[1]嘶胡马，不见浮屠插霁烟[2]。
亭障[3]久安无檄到，杯觞频举有诗传。
长城万里英雄事，应笑穷儒饱昼眠。

① 瓯（ōu）脱：边境防守处或设施。后指边境荒地或敌战双方中界地带。② 浮屠插霁烟：佛塔耸立在雨后的茫茫薄雾中。③ 亭障：古代边塞要地设置的防守堡垒。

和周元吉右司过敝居，追怀南郑相从之作

梁益东西六十州，大行台出北防秋。
阅兵金鼓震河渭，纵猎狐兔平山丘。
露布[1]捷书天上去，军咨祭酒[2]幄中谋。
岂知今日诗来处？日落风生芦荻洲。

① 露布：古代写有文字，不密封的文书等。常用于传递军事捷报。② 军咨祭酒：将军府主要僚属。

醉中浩歌罢戏书〔一〕

造物小儿如我何？还家依旧一渔蓑。
穿云逸响苏门啸[①]，卷地悲风易水[②]过。
老眼阅人真烂熟，壮心得酒旋消磨。
旁观虚作穷愁想，点检霜髯却未多。

〔一〕此时解军器少监之职，又回山阴矣。

① 苏门啸：指高士情怀雅逸。《三国志·魏书·阮籍传》："籍少时尝游苏门山，苏门山有隐者……籍从之，与谈太古无为之道，及论五帝三王之义，苏门生萧然曾不经听。籍乃对之长啸，清韵响亮，苏门生逌（yōu）尔而笑。籍既降，苏门生亦啸，若鸾凤之音焉。" ② 易水：指河北省西部的一条河流，出自易县。因刺客荆轲作《易水歌》，后世多借此表达悲慨情绪。

故山

功名莫苦怨天悭[①]，一棹归来到死闲。
傍水无家无好竹，卷帘是处是青山。
满篮箭茁[②]瑶簪白，压担棱梅鹤顶殷[③]。
野兴尽时尤可乐，小江烟雨趁潮还。

○镜湖。

① 天悭（qiān）：老天不大方。悭，吝啬。② 箭茁：笋芽。③ 棱梅鹤顶殷：朱红色杨梅。

禹祠行乐盛年年，绣毂[①]争先罨画船。
十里烟波明月夜，万人歌吹早莺天。

花如上苑常成市，酒似新丰不直钱。

老子未须悲白发，黄公垆[2]下且闲眠。

〇禹祠。

① 绣毂：华贵的车子。② 黄公垆：借指友朋聚饮之所。《世说新语·伤逝》:“王浚冲为尚书令，着公服，乘轺车，经黄公酒垆下过。顾谓后车客：‘吾昔与嵇叔夜、阮嗣宗共酣饮于此垆。竹林之游，亦预其末。’”

老尉鸿飞隐市门[1]，千年犹有旧巢痕。

陆生于此寓棋局[2]，曾丈[3]时来开酒樽。

渺渺帆樯遥见海，冥冥蒲苇不知村。

数僧也复投诗社，零落[4]今无一二存。

〇梅山。

① “老尉”句：《汉书·梅福》载西汉南昌县尉梅福，不满王莽专政，“福一朝弃妻子去九江，至今传以为仙。其后，人有见福于会稽者，变名姓为吴市门卒云”。鸿飞，鸿雁飞翔。比喻超脱尘世。② “陆生”句，指陆游所居。《剑南诗稿》陆游自注：“予二十年前尝寓居。”③ 曾丈：指曾几，自号茶山居士，谥号文清。④ 零落：树木枯凋。这里指辞世。

落涧泉奔舞玉虹[1]，护丹松老卧苍龙[2]。

霜柑篱角寒初熟，野碓云边夜自舂。

挈榼[3]人沽村市酒，打包[4]僧趁寺楼钟。

幽寻自是年来懒，枉道山灵不见容。

〇云门。

① 玉虹：高山的流水。② 苍龙：比喻松树。松树盘根错节，树皮似龙鳞，故称。③ 挈榼（qiè kē）：手提酒器。④ 打包：僧人

行脚云游，行李束成一包。

宿野人家

避雨来投白板扉[①]，野人怜客不相违。
林喧鸟雀栖初定，村近牛羊暮自归。
土釜[②]暖汤[③]先濯足，豆藍吹火旋烘衣。
老来世路[④]浑谙尽[⑤]，露宿风餐未觉非。

① 白板扉：不加漆饰的木板门。② 土釜：瓦锅。③ 暖汤：热水。④ 世路：指人生的经历。⑤ 谙尽：经受，经历。

有感

温洛荣河[①]拱旧京[②]，从来人物富豪英。
报仇虽有楚三户[③]，守节得无齐二城[④]？
胡寇宁能断地脉？王师行复畅天声。
凤鳞[⑤]久伏应争奋，勉为明时颂太平。

① 温洛荣河：黄河洛水一带中原地区。② 拱旧京：环绕旧京都。③ 楚三户：指决心复仇报国者。《史记·项羽本纪》："楚虽三户，亡秦必楚。" ④ "守节"句：田单在即墨击败燕军，一举收复了被燕国攻取的七十余城。《战国策·齐策》："燕攻齐，取七十余城，惟莒、即墨不下。齐田单以即墨破燕，杀骑劫。" ⑤ 凤鳞：凤毛鳞角，比喻珍贵、稀缺的人物。

舟过梅坞胡氏居，爱其幽邃，为赋一诗

稽山翠入家家窗，此家清绝[①]无与双。
丹葩绿树锦绣谷，清波白石玻璃江。
一堤茂草有眠犊，数掩短篱无吠尨[②]。
北轩商略可散发[③]，借与放翁倾酒缸[④]。

①清绝：形容清雅至极。②吠尨（fèi méng）：吠叫的犬。尨，多毛的狗。③散发（sàn fà）：披头散发。喻指归隐闲居，适意自在。④倾酒缸：痛快饮酒。

自东泾度小岭，闻有地可卜庵，喜而有赋

小岭西南烟水间，颇闻有地百弓[①]宽。
谁其云者两黄鹄[②]，何以报之双玉盘。
竹坞未昏先晻暧，莲汀当暑亦清寒。
一庵何日从吾好，会约高人共倚阑。

①百弓：五百尺。弓，丈量土地的计算单位，每弓合营造尺五尺。②黄鹄：鸟名，即天鹅。代指逸士，比喻高才贤士。

王给事[①]饷玉友[②]

散发萧然蒲苇林，马军送酒慰孤斟。
江河不洗古今憾，天地能知忠义心。

无侣有时邀落月，放狂连夕到横参[3]。
玉船[4]湛湛真秋露，却憾鹅儿色[5]尚深。

① 王给事：即王信，字诚之，处州丽水（浙江丽水）人。绍兴三十年（1160）进士，尝为给事中。② 饷玉友：指馈赠美酒。玉友，白酒的别称，泛指美酒。③ 横参：深夜横斜的参星，借指深夜。④ 玉船：玉制船形酒器。⑤ 鹅儿色：黄色。

晚兴

白布裙襦退士[1]装，短篱幽径独相羊[2]。
莎根蟋蟀催秋候，稗穗蜻蜓立晚凉。
屈子所悲人尽醉，郦生[3]常谓我非狂。
知心赖有青天在，又炷中庭一夕香。

① 退士：隐退之人。② 相羊：徘徊；盘桓。③ 郦生：即郦食其（Lì yì jī），孤傲不驯，游说列国，为刘邦灭秦抗楚做了重大贡献。《史记·郦生陆贾列传》："若（骑士）见沛公，谓曰：'臣里中有郦生，年六十余，长八尺，人皆谓之狂生，生自谓我非狂生。'"

遣怀[一]

许国区区不自胜，秋风空羡下韝鹰[1]。
青云[2]夜叹初心误，白发朝看一倍增。

积愤有时歌易水[3]，孤忠无路哭昭陵。

头颅自揣今如此，尚欲闲寻紫阁僧〔二〕。

〔一〕绍熙二年辛亥，六十七岁。　〔二〕自注：陈希夷奇钱宣靖，复招紫阁僧相之。

① 鞲（gōu）鹰：调教于臂鞲之上的鹰。② 青云：比喻黑发。③ 歌易水：《战国策·燕策三》载“荆轲刺秦王”，（荆轲）为歌曰：“风萧萧兮易水寒，壮士一去兮不复还！”

新秋感事

江上清秋昨夜回，渔扉正对荻洲开。

志存天下食不足，节慕古人逸愈来。

风际纸鸢[1]那解久，祭余刍狗[2]会堪哀。

萧然散发听秋雨，剩领新凉入酒杯。

① 纸鸢（yuān）：风筝。② 刍狗：古代祭祀时用草扎成的狗。

北渚秋风凋白蘋，流年冉冉默伤神。

强颜未忍乞墦祭[1]，积毁仅逃输鬼薪[2]。

半榼浮蛆[3]初试酿，两螯斫雪[4]又尝新。

受恩自度终无报，聊为清时备隐沦。

① 乞墦（fán）祭：即乞墦。《孟子·离娄下》之《齐人有一妻一妾》载齐人向祭墓者乞求所余酒肉。② 鬼薪：刑罚的名称。《史记·秦始皇纪》：“及其舍人轻者为鬼薪。”集解：“应劭曰：取薪给宗庙为鬼薪也。如淳曰：律说鬼薪作三岁。”③ 浮蛆（qū）：浮在酒面上的泡沫或膏状物。④ 两螯斫雪：大螯肉斫下如雪白。

秋思

南郑①归来二十霜，背人②岁月去堂堂③。
破裘不补知寒早，倦枕无憀④厌夜长。
年少若为评宿士⑤，狂生曾是说高皇。
慨然此夕江湖梦，犹绕天山古战场。

① 南郑：古代属梁州，宋时为抗金前线。今陕西汉中南郑区。② 背人：隐讳不愿使人知道。③ 岁月去堂堂：时光流逝。④ 无憀（liáo）：空闲而郁闷的心情。⑤ 评宿士：评论宿士的人。宿士，老成博学之士。

一生书剑遍天涯，两岁秋风喜在家。
烂醉日倾无算酒，高眠时听属私蛙。
园林夕照明丹柿，篱落初寒蔓碧花。
便拟挂冠君会否？耳根①不复耐喧哗。

① 耳根：佛教语，眼、耳、鼻、舌、身、意六根之一。即耳朵。

残暑偏能著此翁，吹襟剩喜①得西风。
露滋小径兰苕冷，月射高梁②燕户空。
衰病呻吟真一洗，醉歌跌宕与谁同？
从今日日增幽兴，水际先丹③数叶枫。

① 剩喜：更喜。② 高梁：屋梁。③ 先丹：先变红。

半年闭户废登临，直自春残①病至今。
帐外昏灯伴孤梦，檐前寒雨滴愁心。
中原形胜②关河在，列圣忧勤③德泽深。

遥想遗民垂泣处，大梁城阙又秋砧[4]。

①春残：春天将尽。②形胜：指山川壮美之地。③忧勤：忧虑勤劳。④秋砧（zhēn）：寒秋时的捣衣声。

雁阵横空送早寒，白头病叟住江干。
风林脱叶山容[1]瘦，霜稻登场野色宽。
万里关河惊契阔[2]，一尊邻曲话悲欢。
书生饿死寻常事，那得重弹挂壁冠[3]？

①山容：山的轮廓。②契阔：久别。③挂壁冠：挂在墙上的礼帽。指搁置不用。

药畦蔬陇夕阳中，带落冠欹[1]一病翁。
步蹇[2]每妨行药兴，眼昏几废读书功。
露浓乍警云巢鹤，风劲先凋玉井桐。
欲赋悲秋却休去，鬓丝已是满青铜。

①冠欹：帽子倾斜。②步蹇：步履艰难。

遣怀

秋风策策冷吹衣，谢病[1]经年昼掩扉。
绝世[2]本来希独立，刺天[3]不复计群飞。
细思万古名何用，太息九原[4]谁与归？
葬近要离非素意[5]，富春滩畔有苔矶[6]。

①谢病：托病谢绝露面。②绝世：冠绝当时，卓然而立。③刺天：冲入高空。④九原：亦指九泉，墓地。⑤“葬近”句：要离，春秋时期吴国人，陆游自称吴郡人，故因地近而称。⑥“富春”句：指东汉严光在富春江边垂钓。

冬夜读书

霜雪纷纷满鬓毛，凋年怀抱独萧骚[①]。
房栊[②]夜悄孤灯暗，原野风悲万木号。
病卧极知趋死近，老勤犹欲与书鏖[③]。
小儿可付巾箱业[④]，未用逢人叹不遭[⑤]。

①萧骚：萧条凄凉。②房栊：住室的窗户。③书鏖（áo）：与书苦战，指陆游老年勤学不倦。④巾箱业：指读书学问。巾箱，本指装汗巾及杂物的小箱，又书刻印抄写的开本小，可置此箱内。故称。⑤不遭：指未遇良机。

冬夜读书忽闻鸡唱

龌龊常谈笑老生[①]，丈夫失意合躬耕。
天涯怀友月千里[②]，灯下读书鸡一鸣[③]。
事去大床空独卧，时来竖子或成名。
春芜何限英雄骨，白发萧萧未用惊。

①常谈笑老生：老生常谈，指老书生经常发表的无新意、

平凡议论。② 月千里：千里共明月。③“灯下”句：指勤学读书。

闭户

箪瓢虚道[1]不堪忧，闭户方从造物游。

安乐本因无事得，功名常忌有心求。

洗除仇怨忘蛮触[2]，收敛光芒静斗牛。

儿报床头春瓮[3]熟，人间万事转悠悠。

① 箪瓢虚道：这里指生活简朴，安贫乐道。② 蛮触：蛮触之争。比喻为细微之事相争。又比喻微不足道，不值一提。③ 春瓮：酒瓮，指酒。

落魄

落魄江湖七十翁，欲持一笑与谁同。

萧萧雪鬓难藏老，寂寂蓬门可讳穷。

好句尚来欹枕处，壮心时在倚楼[1]中。

无涯毁誉何劳诘，骨朽人间论自公[2]。

① 倚楼：倚靠楼头栏干，多与羁旅怀归有关。② 人间论自公：自有公论。即公正的评论。

入城至郡圃及诸家园亭，游人甚盛

老子[①]何曾惯市尘[②]，今朝也复入城闉[③]。

太平有象人人醉，造物无私处处春。

九陌莺花娱病眼，一竿风月属闲身。

不缘兴尽回桡[④]早，要就湖波照角巾。

① 老子：陆游自称。② 市尘：繁华喧嚣的城邑。③ 城闉：城内重门。这里指城邑。④ 回桡：乘船归。桡，船桨。

蓬莱馆午憩

驿门系马听蝉吟，翻动平生万里心[①]。

桥畔笛声催日落，城边草色带烟深[②]。

关河历历功名晚，岁月悠悠老病侵。

忆戍梁州如昨日，凭栏西望一沾襟。

① 万里心：建功于万里之外的雄心壮志。② 烟深：形容天气黄昏时雾气弥漫，看起来很迷离的景象。

梦游散关渭水之间

平生望眼怯天涯，客里何堪度岁华。

但憾征轮无四角[①]，不愁归路有三叉[②]。

驿窗灯暗传秋柝[③]，关树[④]烟深宿暮鸦。

叱犊老翁头似雪，羡渠生死不离家。

①征轮无四角：车轮不能四角。车轮滚滚，有四角则不能前行。②归路有三叉：三岔路。这里指道路有分歧，不知往何处。③秋柝（tuò）：秋叶巡逻所敲的木梆。④关树：城关处的树木。

病卧

病卧东斋怕揽衣[①]，年来真与世相违。

横林[②]蠹叶秋先觉，别浦骄云暝[③]不归。

岁月惟须付樽酒，江山竟是属渔矶。

邻翁一夕成今古[④]，愈信人生七十稀[一]。

〔一〕自注：村东吴翁病，一夕而卒。

①揽衣：披衣。②横林：绵延的树林。③暝（míng）：天色昏暗。④今古：借指消逝的人事。

晚眺

秋晚闲愁抵酒浓，试寻高处倚枯筇。

云归时带雨数点，木落[①]又添山一峰。

鸣雁沙边惊客橹，行僧[②]烟际认楼钟。

个中诗思来无尽，十手传抄畏不供。

① 木落：树叶凋落。② 行僧：广游四方的僧人。

感旧

当年书剑揖三公，谈舌①如云气吐虹。
十丈战尘孤壮志，一簪华发醉秋风。
梦回松漠榆关外，身老桑村②麦野中。
奇士③久埋巴峡骨，灯前慷慨④与谁同〔一〕？

〔一〕自注：独孤景略死于忠州十年矣。

① 谈舌：谈锋。② 桑村：桑梓地，指家乡。③ 奇士：指独孤策，字景略，河中人。④ 慷慨：意气激昂；豪爽大方。

睡觉闻儿子读书

梦回①闻汝读书声，如听箫韶②奏九成③。
且要沉酣向文史，未须辛苦慕功名。
人人本性初何欠？字字微言④要力行。
老病自怜难预此，夜窗常负短灯檠。

① 梦回：从梦中醒来。② 箫韶：相传是舜（即有虞氏）时乐典名。后人以箫韶喻指庄重和美的音乐。③ 九成：九阕。成，即乐曲终止。④ 微言：隐微而精深的言辞。

步至近村

药物扶持疾渐平，布裘絮帽[1]出柴荆。
荒堤经雨多牛迹[2]，村舍无人有碓声[3]。
数蝶弄香寒菊晚，万鸦回阵夕枫明。
老翁随意闲成句，不似刘侯要取名[4]。

①絮帽：棉帽。②牛迹：牛蹄印迹。③碓（duì）声：踏碓舂臼的声音。④“不似”句：韦绚《刘宾客嘉话录》:“明日是重阳，欲押一糕字，寻思六经竟未见有糕字，不敢为之。”刘侯，唐刘禹锡。

默坐

巧说安能敌拙修[1]？焚香默坐一窗幽。
煌煌炎火[2]常下照，浩浩黄河方逆流。
气住神仙端可学，心虚造物本同游。
绝知此事不相负，荆棘剪除梨栗[3]秋。

①拙修：自我修行。拙，谦辞，称自己的。②炎火：烈火。此指烈日。③梨栗：梨树与栗树。

遣兴

勋业[1]如今莫系怀，开单[2]日日学僧斋。
谗深只有天堪问，忧极浑无地可埋。

看镜已成双白鬓，登山犹费几青鞋。
晚来诗兴谁能那？雀噪空囷[3]叶拥阶。

① 勋业：业绩，功绩。② 开单：记载事物用的纸片。③ 空囷：空空的粮仓。

题老学庵[1]壁

此生生计愈萧然，架竹苫茆[2]只数椽。
万卷古今消永日，一窗昏晓送流年。
太平民乐无愁叹，衰老形枯少睡眠。
唤得南村跛童子，煎茶扫地亦随缘。

① 老学庵：陆游书斋名，自言“予取师旷‘老而学如秉烛夜行’之语名庵。”② 苫茆（shān máo）：用茅草覆盖。

亲旧书来多问近况，以诗答之

耐辱摧颓[1]百不能，居然老病住庵僧。
流年速似一弹指，更事多于三折肱[2]。
庭树影中闻夜汲，邻机声里对寒灯。
沈诗任笔[3]俱忘尽，酒户新来却少增。

① 摧颓：衰老颓败。② 三折肱：比喻多次失败，屡遭挫折。

折肱，断臂。三，虚数，多。意谓经过几次断臂之后，就能知道医治断臂的方法。③ 沈诗任笔：南朝梁文学家沈约、任昉因诗篇与文章著称，并称“沈诗任笔”。

二子

两楹梦[1]后少真儒，毁誉徒劳岂识渠？
孟子无功如管仲，扬雄有赋似相如。
敬王事业知谁继，准易工夫故不疏。
孤学背时[2]空绝叹，白头穷巷抱遗书。

① 两楹梦：指孔子去世。《礼记·檀弓上》载孔子曰：“殷人殡于两楹之间……予畴昔之夜，梦坐奠于两楹之间，夫明王不兴，而天下其孰能宗予？予殆将死也。”② 背时：违背时运，表示运气极差。

感旧〔一〕

忆从南郑入成都，气俗[1]豪华海内无。
故苑燕开车载酒，名姬舞罢斗量珠。
浣花江路青螭舫[2]，槎柳球场白雪驹。
回首壮游[3]真昨梦，一竿风月老南湖。

〔一〕癸丑年，六十九岁。

① 气俗：风气习俗。② 青螭（chī）舫：画着青龙的船。③ 壮

游：心怀壮志而出游。

余年四十六入峡，忽复二十三年，感怀赋长句

当年吊古巴东峡，雪洒扁舟见早梅。

宋玉宅边新酒美，巫山庙①下暮猿哀。

樵柯烂尽棋方剧②，客甑炊成梦未回③。

已把痴顽敌忧患，不劳团扇念寒灰〔一〕④。

〔一〕自注：刘梦得《团扇歌》曰："当时初入君怀袖，岂念寒炉有死灰。"

① 巫山庙：即神女庙。在今四川巫山县东。②"樵柯"句：即观棋烂柯、王质烂柯，指光阴易逝，世事变迁。③"客甑"句：唐沈既济《枕中记》载落魄书生卢生曾一度享尽功名富贵。梦醒，"主人蒸黍未熟，触类如故"。此指陆游收复中原的志向不得实现。④"不劳"句：此指陆游愤慨之语，收复中原的志向如寒灰消沉。

书叹

少年志欲扫胡尘，至老宁知不少伸。

览镜已悲身潦倒，横戈空觉胆轮囷。

生无鲍叔①能知己，死有要离②与卜邻。

西望不须揩病眼，长安冠剑③几番新。

① 鲍叔：即鲍叔牙，春秋时期齐国大夫。鲍叔牙拒绝相位，推荐管仲称相，成就了齐桓公的霸业。② 要（Yāo）离：春秋时期吴国人，吴王阖闾派要离刺杀庆忌，要离杀庆忌后，不愿接受封赏，自刎而亡。③ 冠剑：指官吏，古代官员戴冠佩剑，故称。

醉题

勿笑山翁病满躯，胸中侠气未全无。

双瞳遇醉犹如电，五木[①]随呼尽作卢。

代北[②]胡儿富羊马，江南奇士出菰芦[③]。

何由亲奉平戎诏，蹴踏[④]关中建帝都。

① 五木：木制的五子，故名五木，一具五枚。古代樗蒲博戏用具。② 代北：古地名。今山西北部及河北西北部一带。③ 菰芦：菰和芦苇。借指乡间或隐居之处。④ 蹴踏：踩；踏。

书愤

山河自古有乖分[①]，京洛腥膻[②]实未闻。

剧盗曾从宗父命[③]，遗民犹望岳家军[④]。

上天悔祸终平虏，公道何人肯散群?

白首自知疏报国，尚凭精意祝炉熏〔一〕[⑤]。

〔一〕自注：宗泽守东都，巨盗来归百万，号宗爷。岳家军，盖绍兴初语。

① 乖分：分离；分裂。② 腥膻：牛、羊肉刺鼻的气味。此处借指入侵的金兵。③ 宗父：指宗泽，南宋抗金名将。④ 岳家军：南宋抗金名将岳飞英勇善战，又有谋略，岳飞领导的岳家军成了抗金的主力队伍。⑤ 祝炉熏：焚香祝祷。

秋兴

秋风又满会稽城，有客飘然万事轻。
久向林间得佳趣，不知身外有浮名[1]。
蒲萄雨足初全紫，乌桕霜前已半赪[3]。
欲把一杯终觉懒，老来怀抱为谁倾？

① 浮名：虚名，徒有不实的名。② 赪（chēng）：红色。

梦至洛中观牡丹，繁丽溢目，觉而有赋

两京[1]初驾小羊车[2]，憔悴江湖岁月赊[3]。
老去已忘天下事[4]，梦中犹看洛阳花。
妖魂艳骨[5]千年在，朱弹金鞭[6]一笑哗。
寄语毡裘[7]莫痴绝，祈连[8]还汝旧风沙。

① 两京：北宋时以汴京（今河南开封）为东京，以洛阳（河南洛阳）为西京。此应指西京。② 小羊车：羊车是古代宫廷中所乘的小车。此指小车。羊，通“祥”，吉祥意。③ 岁月赊：岁月长。④ 天下事：收复中原的事。⑤ 妖魂艳骨：形容牡丹的色香之

美。⑥ 朱弹金鞭：红色弹弓和金属制成的鞭子。⑦ 毡裘：指古代北方游牧民族以皮毛制成的衣服，泛指游牧民族。⑧ 祈连：即祁连山。此句指南宋收复失地，金人退回原地。

自嘲

岁月推迁[①]万事非，放翁可笑白头痴。

此生竟出古人下，有志尚如年少时。

僻学[②]固应知者少，长歌莫问和予谁？

自嘲自解君毋怪，老大[③]从人百不宜。

① 推迁：变迁；流逝。② 僻学：见闻寡陋。③ 老大：年老。

老怀

身见高皇[①]再造初[②]，名场流辈略无余。

旧书科斗[③]才存字，薄业蜗牛仅有庐[④]。

迂士岂堪新贵使？少年自与老人疏。

荒园寂寂堆霜叶，抱瓮[⑤]何妨日灌蔬。

① 高皇：南宋高宗赵构。② 再造：重新创建。③ 科斗：即科斗文字，我国古代字体之一。④“薄业”句：产业微薄，小园庐如蜗牛壳般狭小。⑤ 抱瓮：即抱瓮灌园。典出《庄子·天地》，子贡南游楚，返晋过汉阴，见一位老人一次又一次地抱瓮浇菜，“搰搰然用力甚多而见功寡”，就建议他用机械汲水。老人忿然说

道“有机械者必有机事，有机事者必有机心”“吾非不知，羞而不为也”。后遂以“抱瓮灌园”比喻保持纯洁本心，安于淳朴的生活。

初寒病中有感

楚水枫林霜露新，白头一叟正吟呻。

牛衣未起王章疾[①]，马磨何伤许靖贫[②]？

治道本来存简册，神州谁与静烟尘？

新亭对泣犹稀见，况觅夷吾[③]一辈人。

①“牛衣”句：《汉书·王章传》：“初，章为诸生，学长安，独与妻居。章疾病，无被，卧牛衣中，与妻诀，涕泣。”②“马磨”句：《三国志·蜀书·许靖传》：“（许靖）少与从弟劭俱知名，并有人伦臧否之称，而私情不协，劭为郡功曹，排摈靖不得齿叙，以马磨自给。”马磨，用马拉磨的磨房。后以形容士人生活贫困。③夷吾：即管仲，名夷吾。鲍叔牙力荐，为齐国上卿，辅佐齐桓公成为春秋五霸之一。

寄天封明老[①]

浪迹天台一梦中，距今四十五秋风[②]。

胜游回首似昨日，衰病侵入成老翁。

圣寺参差石桥外，仙蓬缥缈玉霄东。

因君又动青鞋[③]兴，目断千峰翠倚空。

①天封明老：指天台山天封寺慧明长老。②此诗作于绍熙四年（1193），《剑南诗稿》陆游《烟波即事》诗自注："绍兴间，自剡中入天台，始有放浪山水之兴。"，上推45年，即绍兴十八年（1148），陆游二十四岁。③青鞋：草鞋。

溪上作

落日溪边杖白头，破裘不补冷飕飕。

戆愚[①]酷信纸上语，老病犹先天下忧[②]。

末俗陵迟[③]稀独立，斯文崩坏欲横流。

绍兴[④]人物嗟谁在？空记当年接俊游。

①戆（gàng）愚：憨厚愚直。②天下忧：忧怀天下。③陵迟：败坏；衰败。④绍兴：南宋高宗赵构第二个年号（1131—1162）。

伛偻[①]溪头白发翁，暮年心事一枝筇。

山衔落日青横野，鸦起平沙黑蔽空。

天下可忧非一事，书生无地效孤忠[②]。

东山七月犹关念[③]，未忍沉浮酒盏中。

①伛偻（yǔ lǚ）：形容老人弯腰驼背。②孤忠：忠诚，忠贞自持。③"东山"句：《东山》《七月》指《诗经》中的两首诗，《东山》写战争、服役之苦。《七月》写周代早期的农业生产和农民生活。此指陆游关心收复战事，关怀民生疾苦。

咏史

夜雨灯前感慨深，为邦一士重千金。
风云未展康时略，天地能知许国心。
剑忽拄颐[1]都将相，帽曾攧耳隐山林。
英雄自古常如此，君看隆中梁甫吟。

①拄颐：顶到面颊。指装束英姿威武。

春夜读书

枉是儒冠[1]遇太平，穷人那许共功名?
枯肠不饱三升稷[2]，皓首犹亲二尺檠。
寓世已为当去客，爱书更付未来生。
夜阑抚几愁无奈，起视离离斗柄[3]倾。

①儒冠：儒生戴的帽子，代指儒生。②三升稷：指食量大。③斗柄：指北斗星。

春晚村居

一事元无可得忙，悠然半醉倚胡床[1]。
牡丹枝上青春老，燕子声中白日长。
身世已如风六鹢[2]，文章仍似闰黄杨[3]。

太平有象[4]无人识，南陌东阡捣麨香[5]。

① 胡床：由西域传入中原的坐具，可以折叠，携带方便。②“六鹢”句：指年老衰残。鹢，水鸟。③ 闰黄杨：黄杨厄闰，黄杨木难长，遇到有闰月的年份退缩三寸。比喻时运不济。此是自谦，指文章无长进。④ 太平有象：指天下太平、安居乐业。⑤ 麨（chǎo）香：干粮的一种，以米粉或面粉炒制。

书叹

高庙[1]衣冠月出游，中原父老泪交流。
诸公谁效回天力？散吏空怀恤纬[2]忧。
雨细渔庵晨举网，月明耕陇夜驱牛。
神州[3]克复知何日？北望飞蓬万里秋。

①“高庙”句：高庙：死后庙号为“高”的君主，此当指宋高宗赵构。② 恤纬：指忧虑国事。③ 神州：古时称中国为“赤县神州”，此指中原沦陷区。

题《阳关图》

谁画阳关[1]赠别诗？断肠如在渭桥[2]时。
荒城孤驿梦千里，远水斜阳天四垂。
青史[3]功名常蹭蹬，白头襟抱足乖离。
山河未复胡尘暗，一寸孤愁只自知。

① 阳关：在今甘肃敦煌西南。因在玉门关以南，故名阳关。② 渭桥：统称，泛古代长安附近渭水的桥梁，此指陆游生活的南郑。③ 青史：古代在竹简上记事，故称史籍为“青史”。

闲中

闲中高趣傲羲皇[①]，身卧维摩示病[②]床。

活眼[③]砚凹宜墨色，长毫[④]瓯小聚茶香。

门无客至惟风月，案有书存但老庄。

问我东归今几日？坐看庭树六番[⑤]黄。

① 羲皇：即伏羲，中华民族的人文初祖。② 维摩示病：维摩诘称病在家，佛陀得知，派文殊师利菩萨等去探病。③ 活眼：砚上有圆形斑点的砚。④ 长毫：即豪盏，又称兔毫盏，一种敞口、深腹的黑瓷茶具。⑤ 番：次，量词。

晨起

晨起梳头拂面丝，行年七十岂前期？

此身犹著几两屐，长日惟消一局棋。

空釜生鱼[①]忍贫惯，闲门罗雀与秋宜。

区区名义真当勉，正是先师戒得[②]时。

① 空釜生鱼：比喻生活贫困，断炊已久。② 戒得：即戒之在得。《论语·季氏》:“及其老也，血气既衰，戒之在得。”邢昺疏：

“老谓五十以上。得谓贪得，血气既衰，多好聚敛，故戒之。”

自咏〔一〕

常记当年入洛初，华灯①百万掷樗蒱。
平生意薄刀笔吏②，投老身为山泽臞③。
已罢向空书咄咄④，尚能击缶和呜呜⑤。
今朝客至无寻处，正伴园丁斸芋区⑥。

〔一〕绍熙五年甲寅，七十岁。

① 华灯：装饰华美而明亮的灯。② 刀笔吏：指古代的文职官员。③ 山泽臞（qú）：即臞儒。清瘦的儒者，借指隐居之人。④ 咄咄（duō）：感叹声，表感慨。⑤ 呜呜：象声词，指悠长的声音。⑥ 斸（zhú）芋区：挖芋头。斸，即挖掘。芋区，即芋畦。

书室明暖，终日婆娑其间，倦则扶杖至小园，戏作长句

放翁老手竟超然，俗子何由与作缘？
百榼旧曾夸席地①，一窗今复幻壶天。
梦回橙在屏风曲②，雨霁梅迎拄杖前。
吾爱吾庐得安卧，笑人思颍忆平泉〔一〕③。

〔一〕自注：李卫公忆平泉山居，欧阳公思颍，诗皆数十篇。

①“百榼”句：随便席地而坐，自夸就可以饮酒百榼。②“梦回”句：梦醒看到屏风曲折处放的橙子。③“笑人”句：笑人买田筑室营造园林胜地。思颍，宋欧阳修知颍州，喜欢颍州风景，在其地买田营舍。平泉，唐李德裕筑平泉别墅于洛阳，享园林之乐。

美睡宜人胜按摩，江南十月气犹和[①]。
重帘[②]不卷留香久，古砚微凹聚墨多。
月上忽看梅影出[③]，风高[④]时送雁声过。
一杯太淡君休笑，牛背吾方扣角歌[⑤]。

①和：（气候）温暖。②重（chóng）帘：层层帘幕。③梅影出：指月光下，梅影映窗。④风高：风大。⑤扣角歌：指求仕。《吕氏春秋·举难》：“宁戚饭牛居车下，望桓公而悲，击牛角疾歌……宁戚见，说桓公以治境内……桓公大悦，将任之。”

冬夜独酌

寒水茫茫浸月明，疏钟[①]杳杳带霜清。
一樽浊酒有妙理，十里荒鸡[②]非恶声。
物外虽增新跌宕[③]，胸中未洗旧峥嵘。
颓然坐睡蒲团稳，残火昏灯伴五更。

①疏钟：似有似无的钟声。②荒鸡：鸡啼三更前，旧以为恶声不祥。③跌宕（dàng）：有波折，起伏无常。

郊行夜归，书触目

老翁病起厌端居，随意东西不问途。
霜野[1]草枯鹰欲下，江天云湿雁相呼。
空垣[2]破灶逃租屋，青帽红灯卖酒炉。
未畏还家踏泥潦[3]，园丁持炬小儿扶。

① 霜野：深秋的田野。② 空垣：空寂的围墙。③ 泥潦：泥水聚积的地方。

十一月五日夜半偶作

草径江村人迹绝，白头病卧一书生。
窗间月出见梅影，枕上酒醒闻雁声。
寂寞已甘千古笑，驰驱犹望两河[1]平。
后生谁记当年事？泪溅龙床请北征[2]。

① 两河：宋称河北、河东地区为两河。②“泪溅”句：指1161年，陆游曾在朝廷上慷慨直陈宋高宗应御驾亲征，抵御金兵，泪水甚至洒到龙椅之上。

闲中书事

病过新年逐日添，清愁残醉两厌厌。
惜花萎去常遮日，待燕归来始下帘。

堂上清风生玉麈，涧中寒溜注铜蟾[1]。
一生留滞君休叹，意望天公本自廉。

① 铜蟾：铜制的蟾蜍形器物，可作水盂、墨合、灯盏等。

一亩山园半亩池，流年忽逮挂冠期。
卖花醉叟剥红桂，种药高僧寄玉芝。
午枕为儿哦旧句，晚窗留客算残棋。
登庸策免[1]多新报，老子痴顽总不知。

① 登庸策免：指选拔任用与免官。策，皇帝的策书。

感昔

三著朝冠入上都[1]，黄封[2]频醉渴相如[3]。
马慵立仗[4]宁辞斥，兰偶当门[5]敢怨锄。
富贵尚思还此笏[6]，衰残故合爱吾庐[7]。
灯前目力依然在，且尽山房万卷书。

①“三著”句：陆游自称入仕以来“三著朝冠”。朝冠，古代君主、官员上朝时戴的官帽。上都，指京城。② 黄封：古代御赐酒茶时以黄帕封口，故多用以借称上等好酒。③ 渴相如：汉司马相如患有消渴疾。④ 马慵立仗：立仗马，指贪恋禄位而不敢直言。⑤ 兰偶当门：即芳兰当门。指因对上位者有阻碍而被清除。⑥ 还此笏：即还笏。指致仕；辞官。⑦ 爱吾庐：爱自己的所居家园，指归隐田园。

五丈原[1]头秋色新，当时许国欲忘身。

长安之西过万里，北斗以南[2]惟一人。
往事已如辽海鹤，余年空羡葛天民[3]。
腰间白羽[4]凋零尽，却照清溪整角巾。

① 五丈原：位于今陕西宝鸡岐山县。三国时诸葛亮北伐曹魏古战场，诸葛亮病死于五丈原。② 北斗以南：北斗星之南，泛指天下。③ 葛天民：远古时代的族群。葛天氏，传说中一位贤能的部落首领，在位时人民生活安定。④ 腰间白羽：腰间白色羽箭。

登东山

漆园傲吏养生主，栗里高人归去来[1]。
俱作放翁新受用，不妨平地脱尘埃[2]。
松崖壁立临樵坞，竹径蛇蟠上啸台。
送尽夕阳山更好，与君踏月浩歌回。

①“漆园”“栗里”二句：指庄子作《养生主》，陶渊明作《归去来兮辞》。漆园傲吏，庄子。《史记·老庄申韩列传》:“庄子者，蒙人也，名周。庄子尝为蒙漆园吏。”栗里高人，指陶渊明。白居易《访陶公旧宅》:“今游庐山，经柴桑，过栗里，思其人，访其宅，不能默默。”② 尘埃：指尘俗。

记九月三十日夜半梦

一梦邯郸[1]亦壮哉！沙堤金辔络龙媒[2]。
两行画戟森朱户，十丈平桥夹绿槐。

东阁群英[3]鸣珮集，北庭[4]大战捷旗来。

太平事业方施设，谁遣晨鸡苦唤回。

① 一梦邯郸：即“黄粱梦”“邯郸梦”，指一场空想。② 龙媒：骏马。③ 东阁群英：指殿阁宰臣。东阁，宰相招致、款待宾客之地。④ 北庭：汉时称北匈奴居住的地方。此指泛指塞北，是北方金统治之地。

蜀僧宗杰来乞诗，三日不去，作长句送之

看遍东南数十州，寄船却泝[1]蜀江秋。

孤云两角[2]山亡恙，斗米三钱[3]路不忧。

万里得诗长揖[4]去，他年挈笠再来不？

放翁烂醉寻常事，莫笑黄花插满头。

① 泝（sù）：逆流而上。② 孤云两角，山名，山高耸。在陕西境内。此处借指山高峻。③ 斗米三钱：指粮价低。④ 长揖：拱手高举，自上而下的一种行礼。

老学庵[一]

穷冬[1]短景苦匆忙，老学庵中日自长。

名誉不如心自肯[2]，文辞终与道相妨。

吾心本自同天地，俗学何知溺秕糠[3]？

已与儿曹相约定，勿为无益费年光。

〔一〕自注：予取师旷“老而学如秉烛夜行”之语名庵。

① 穷冬：深冬；隆冬。② 心自肯：内心赞同、许可。③ 粃糠：瘪谷和米糠。比喻琐屑、无用之物。

枕上偶成

放臣[1]不复望修门[2]，身寄江头黄叶村[3]。
酒渴喜闻疏雨滴，梦回愁对一灯昏。
河潼形胜[4]宁终弃？周汉规模[5]要细论。
自憾不如云际雁，南来犹得过中原。

① 放臣：被放逐的臣子。② 修门：指南宋都城临安（杭州）城门。③“身寄”句：借指赋闲归隐。④ 河潼形胜：指沦陷的中原地区。河，即黄河。潼，即潼关。⑤ 周汉规模：历史上的周朝、汉朝，都统治包括中原在内的地区。

雨夜有怀张季长[1]少卿

放翁虽老未忘情，独卧山村每自惊。
鼎鼎[2]百年如电速，寥寥一笑抵河清。
梅初破蕾行江路，灯欲成花[3]听雨声。
正用此时思剧饮，故交零落怆余生。

① 张季长，今四川崇州人，宋孝宗隆兴元年（1163）进士。

②鼎鼎：盛大的样子。③灯欲成花：灯芯余烬结成的花状物。

忆昔

忆昔轻装万里行[1]，水邮山驿[2]不论程。
屡经汉帝烧余栈[3]，曾宿唐家雪外城[4]。
壮志可怜成昨梦，残年惟有事春耕[5]。
西窗忽听空阶雨，独对青灯意未平。

①“忆昔”句：此诗作于庆元元年（1195），时陆游七十一岁，回忆乾道六年（1170）远赴夔州（四川）的生活。②水邮山驿：指旅行生活。邮、驿，驿站。③“屡经”句：川陕之间有古栈道遗址，陆游多次途经此地。刘邦为汉王时，由巴蜀进驻汉中，采用张良计，烧绝所过栈道，示天下无还心，以固项王意。④“曾宿”句：宿大雪山下的四川临邛城。唐德宗时韦皋曾到此。韦皋出任成都尹、剑南西川节度使，总镇川蜀二十一年，故说“唐家”。⑤春耕：农耕，指乡村生活。

春思

七十老翁身退耕，可怜未减旧风情。
典衣取酒那论价？秉烛看花每到明。
江浦时时逢画楫[1]，寺楼处处听新莺。
此生无复阳关梦，不怕樽前唱渭城[2]。

① 画楫：有画饰的船。楫，即船桨。②“此生”句：指为国效力前线的志向难酬。

六月二十四日夜分梦范致能、李知幾、尤延之[1]同集江亭，诸公请予赋诗记江湖之乐，诗成而觉，忘数字而已

露箬霜筠织短篷[2]，飘然来往淡烟中。

偶经菱市寻溪友[3]，却拣蘋汀下钓筒。

白菡萏香初过雨，红蜻蜓弱不禁风。

吴中近事君知否？团扇家家画放翁[4]。

① 范致能：范成大（1126—1193），字致能，号石湖居士，苏州吴县（今江苏苏州）人。范成大与杨万里、陆游、尤袤合称南宋“中兴四大诗人”。李知幾：李石，字知幾，号方舟子，四川资阳人。尤延之：尤袤，字延之，小字季长，号遂初居士，江苏无锡人。②“露箬”句：用竹做小船，用竹皮编制船篷。箬（ruò），即箬竹，竹叶宽而大，可编器具或竹笠。筠（yún），竹皮。短篷，带有帆的小船。③ 溪友：居住在溪水边的朋友。④“团扇”句：吴中家家团扇上画着一个放翁。放翁，即陆游。

七月二十四日作

闲拂青铜[1]一惘然，此生应老海云边。

凉飔入袂[2]诗初就，幽鸟呼人梦不全。

天上鹊归星渚[3]冷，月中桂长露华[4]鲜。

射胡羽箭凋零尽，坐负心期四十年⑤。

①青铜：青铜镜。②袂：衣袖。③星渚：银河。④露华：清冷的月光。⑤"坐负"句：陆游在宋高宗绍兴二十八年（1158）初入仕途，满腔收复中原的报国豪情；此诗写于宋宁宗庆元二年（1196），时光过去近四十年，作者心意难平，感慨万端。

秋夜示儿辈

吴下当时薄阿蒙①，岂知垂老叹途穷。
秋砧②巷陌昏昏月，夜烛帘栊袅袅风。
缩项鳊鱼收晚钓，长腰粳米出新砻③。
儿曹幸可团栾④语，忧患如山一笑空。

①"吴下"句：吴下阿蒙指学识尚浅的人。薄：轻视。阿蒙：吕蒙，东汉末年名将，吕蒙身负重任，孙权告诫他需多读书，始勤学读书，后见解独到，为老儒所不及。吴将鲁肃说："卿今者才略，非复吴下阿蒙！"②秋砧：秋日捣衣的声音。③砻（lóng）：去谷壳的工具，形似石磨。④团栾：团聚。

自嘲

身见绍兴初改元①，百罹②敢料至今存。
生涯破碎余龙具③，学问荒唐守兔园④。
独立未除还笏气，余生犹待阖棺论。

北窗灯暗霜风恶，且置孤愁近酒樽。

①“身见”句：绍兴元年（1131），陆游七岁。② 百罹（lí）：种种不幸的遭遇。罹，即遭遇忧患苦难。③ 龙具：牛御寒物。指简陋粗糙的衣被。《汉书·王章传》颜师古注：“牛衣，编乱麻为之，即今俗呼为龙具者。”④ 兔园：兔园即汉梁孝王所筑园林。兔园收租账本以当时市井俚语记录，人们将语言通俗的书称“兔园册”。一说《兔园策》(《兔园策府》)，流行于唐，后亡佚，一部乡村学塾用蒙学读物。

夜坐

杳杳霜钟十里声，娟娟江月半窗明。

陈编[①]欲绝犹堪读，微火相依更有情。

九曲烟云新散吏[一][②]，百年铅椠[③]老诸生。

颓然待旦君无笑，尚胜闻鸡赋早行[④]。

〔一〕自注：时方被命再领武夷祠禄。

① 陈编：指古籍、古书。② 散吏：指有官阶而无职事的官员。③ 铅椠（qiàn）：古代书写工具。铅，即铅粉笔；椠，即木板片。代指写作。④“尚胜”句：指陆游自嘲。

初拜再领祠宫之命有感

黄纸初开喜可知，追怀平昔却成悲。

生当京国承平日，仕及皇家再造时[①]。

小草出山[2]初已误，断云含雨[3]欲何施。

儿孙贺罢仍无事，却赴幽人把钓[4]期。

①“仕及”句，陆游在绍兴二十八年（1158）接到任命福建宁德主簿的诏书。② 小草出山：比喻隐者出仕。③ 断云含雨：带雨的云层。④ 把钓：垂钓。

书愤〔一〕

白发萧萧卧泽中[1]，只凭天地鉴孤忠。

厄穷苏武餐毡久[2]，忧愤张巡嚼齿空[3]。

细雨春芜上林苑，颓垣夜月洛阳宫。

壮心未与年俱老，死去犹能作鬼雄[4]。

〔一〕庆元三年丁巳，七十三岁。

① 泽中：陆游所居山阴有三山别业，南为鉴湖，北为大泽。②“厄穷”句，指苏武牧羊的典故。《汉书·李广苏建传》：“乃幽武，置大窖中，绝不饮食。天雨雪，武卧啮雪，与毡毛并咽之，数日不死。”③“忧愤”句，张巡守睢阳的史事。《旧唐书·张巡传》：“巡神气慷慨，每与贼战，大呼誓师，眦裂血流，齿牙皆碎。”④ 鬼雄：指为国捐躯的英雄。

镜里流年[1]两鬓残，寸心自许尚如丹。

衰迟罢试戎衣[2]窄，悲愤犹争宝剑寒。

远戍十年临的博[3]，壮图万里战皋兰[4]。

关河自古无穷事，谁料如今袖手[5]看？

①流年：如水般流逝的光阴、年华。《论语·子罕》："子在川上曰：'逝者如斯夫！不舍昼夜。'" ②戎衣：军服；战衣。③的（de）博：山名，在四川理县东南。④皋兰：山名，在甘肃兰州以南。⑤袖手：藏手于袖，指不能或不欲参与某事。

病中夜赋

客[①]如病鹤卧还起，灯似孤萤阖复开。

苜蓿花催春事去，梧桐叶送雨声来[②]。

荥河温洛几时复？志士仁人空自哀。

但使胡尘一朝静，此身不憾死蒿莱[③]。

①客：指陆游。②"苜蓿"句：指春去秋来。③蒿莱：杂草之地，草野。

书感

夺璧元知价不雠[①]，屠龙谁信本无求？

哦诗声里岁时速，忧国泪边天地秋。

已欠谢安俱泛海[②]，况无王粲与登楼。

此身著处凭君记，万里烟波没白鸥。

①"夺璧"句：参见《史记·廉颇蔺相如列传》："赵惠文王时，得楚和氏璧。秦昭王闻之，使人遗赵王书，愿以十五城请易璧。……城不入，臣（蔺相如）请完璧归赵。"②泛海：指谢安泛

海，参见《世说新语·雅量》:“谢太傅盘桓东山时，与孙兴公诸人泛海戏。风起浪涌，孙、王诸人色并遽，便唱使还。太傅神情方王（旺），吟啸不言。舟人以公貌闲意悦。犹去不止。既风转急，浪猛，诸人皆喧动不坐。公徐云:‘如此，将无归。’众人即承响而回。于是审其量，足以镇安朝野。”

雪夜感旧

江月亭前桦烛香，龙门阁上驮声长①。

乱山古驿经三折，小市孤城宿两当②。

晚岁犹思事鞍马③，当时那信老耕桑④。

绿沉金锁⑤俱尘委⑥，雪洒寒灯泪数行。

①“江月”句：回忆在四川的军旅生活。江月亭、龙门阁皆在今四川广元境内。桦烛，燃桦树枝作烛。②“乱山”句：写行军投宿所经处。三折，指蜀地的三折铺。在今重庆市奉节至四川道中。两当，甘肃两当县。③ 鞍马：马和马具，代指军旅从戎。④ 耕桑：种田和养蚕，代指闲居乡间。⑤ 绿沉金锁：绿沉枪和黄金锁子甲，古代军事作战用品。⑥ 尘委：废弃。

忆昔

忆昔从戎出渭滨，壶浆①马首泣遗民②。

夜栖高冢③占星象，昼上巢车④望虏尘。

共道功名方迫逐，岂知老病只逡巡⑤。

灯前抚卷空流涕，何限人间失意人。

① 壶浆：以壶盛茶水、酒浆，代指饮用的茶酒。② 遗民：指沦陷区的百姓。③ 高冢：高山顶。④ 巢车：中国古代一种可以登高观察敌情的车辆。车上高悬望楼如鸟巢，故名，又名楼车。⑤ 逡（qūn）巡：徘徊或不敢前进。

卷二十五

陆放翁七律下

一百九十二首

自规〔一〕

曲肱[①]饮水彼何人，汝独何为厌贱贫？

大节勿汙千载史，少时便尽百年身。

图书幸可传遗业[②]，鸡黍[③]何妨约近邻。

今日仲秋还小雨，剩锄麦垄待新春〔二〕。

〔一〕庆元四年戊午，七十四岁。　〔二〕公自注：乡人谓八月一日得雨，宜来年麦。

① 曲肱：即曲肱而枕。弯着胳膊当枕头。指安贫乐道。② 遗业：传予后人的不朽事业。③ 鸡黍：招待客人的食物。

学书

九月十九柿叶红，闭门学书[①]人笑翁。

世间谁许一钱直？窗底自用十年功。

老蔓缠松饱霜雪，瘦蛟[②]出海拏[③]虚空。

即今讥评何足道？后五百年言自公[④]。

① 学书：练习写字。② 瘦蛟：指古代传说中的蛟龙。③ 拏：同“拿”，这里指搏斗。④ 公：指公平，公正。

书喜

水际柴荆键[1]不开，野人[2]相觅漫敲推。
寒鸦阵黑疑云过，老木声酣认雨来。
酒价日低常得醉，官租时办不劳催。
平生未省如今乐，却笑旁观误见哀。

①键：门闩。②野人：指农夫，村野之人。

今年端的是丰穰[1]，十里家家喜欲狂。
俗美农夫知让畔[2]，化行[3]蚕妇不争桑。
酒坊饮客朝成市，佛庙村伶夜作场。
身是闲人新病愈，剩移霜菊待重阳。

①丰穰（ráng）：丰熟；丰获。②让畔：让出田界。畔，即田界。③化行：教化施行。

满川秋获重赪肩[1]，拾穗儿童拥道边。
夜夜江村无吠犬，家家市步有新船。
夺攘[2]不复忧山越[3]，安乐浑疑是地仙。
惟有衰翁最知达[4]，避胡犹记建炎年[5]。

①重赪肩：指丰收成果挑着压红了肩膀。②夺攘：抢夺。③山越：古代占山为王的山贼。④知达：智慧通晓。⑤“避胡”句：指赵构即帝位，改元建炎，建立南宋，为逃避金兵南侵，时陆游一家避难东阳（浙江金华）。

病中排闷

面骨峥嵘鬓雪[①]新，承平版籍[②]有遗民[〔一〕③]。

心虽愿继无传学，力不能支已废身。

开卷眼昏如隔雾，拥炉肺渴欲生尘。

老庞亦有儿孙念[④]，付与天公不问人。

〔一〕自注：予生于宣和中。

① 鬓雪：鬓发如雪白。② 版籍：登记户口的簿册。③ 遗民：改朝易代后的前朝百姓。陆游生于宣和中，故自称遗民。④“老庞”句：《后汉书·逸民传·庞公》载刘表问庞公，“先生苦居畎亩，而不肯官禄，后世何以遗子孙乎？”庞公曰：“世人皆遗之以危，今独遗之以安。虽所遗不同，未为无所遗也。”庞公，即庞德公，东汉末年隐士。

吴体寄张季长[①]

九月十月天雨霜，江南剑南途路长。

平生故人阻携手，万里一书空断肠。

人生强健已难恃[②]，世事变迁哪可常？

两家子孙各长大，他年穷达毋相忘。

① 张季长：即张演，字季长，南宋江源人。② 难恃：不能长久依赖。

书感

常记当年赋子虚[1]，公卿交口荐相如。
岂知鹤发残年叟，犹读蝇头细字书。
出处幸逃千载笑，功名从负此心初。
荒园落叶纷如积，日暮归来自荷锄。

① 子虚：司马相如《子虚赋》。

舍北晚步

漠漠炊烟村远近，冬冬傩鼓[1]埭西东。
三叉古路残芜里，一曲清江淡霭中。
外物[2]已忘如弃屣，老身无伴等羁鸿。
天寒寂寞篱门晚，又见浮生一岁穷。

① 傩（nuó）鼓：古代祭神仪式中敲的鼓。② 外物：指功名利禄之类的身外之物。

予数年不至城府，丁巳火后今始见之〔一〕

陈迹关心[1]已自悲，劫灰[2]满眼更增欷。
山川壮丽昔无敌，城郭萧条今已非。
窣堵招提[3]俱昨梦，祝融回禄[4]尚余威。
故交减尽新知少，纵保桑榆[5]谁与归？

〔一〕庆元五年己未，七十五岁。

① 关心：牵连、涉及心情。② 劫灰：劫火后的灰烬。③ 窣（sū）堵招提：梵语的音译，窣堵即佛塔，招提即寺院。④ 祝融回禄：祝融与回禄，传说中的两位火神。⑤ 桑榆：比喻晚年。日落时光照桑、榆树端，桑榆借指落日余光。

五月七日拜致仕敕口号

剡曲东归日醉眠，冰衔[1]屡忝武夷仙。
恩如长假容居里，官似分司不限年。
一札疏荣[2]驰厩置，两儿扶拜望云天。
坐縻半俸犹多愧，月费公朝二万钱。

① 冰衔：指清贵的官职。② 疏荣：分赐予荣耀。

黄纸东来墨未干，孤臣恩许挂朝冠[1]。
小儿扶出迎门拜，邻舍相呼拥路观。
白首奉身归畎亩[2]，清宵无梦接鹓鸾。
从今剩把花前酒，忧患都空量自宽。

① 朝冠：指古代官员的礼帽。② 畎（quǎn）亩：田间。畎，田间水沟；亩，田垄。此指庶民，与朝臣相对。

书懒

此身不觉老侵寻，残发萧萧雪满簪。
那有新诗书触目？亦无闲话问安心。

塞垣[①]西戍茫如梦，省户[②]东归病至今。

一懒便知生世了，午窗酣枕敌千金。

① 塞垣：边塞城墙。此指陆游曾戍边的南郑前线。② 省户：泛指门下、中书诸省。此指陆游致仕故里。

村东晚眺〔一〕

饱食无营过暮年，筇枝[①]到处一萧然。

清秋欲近露沾草，新月未高星满天。

远火微茫沽酒市，丛蒲窸窣[②]钓鱼船。

哦诗每憾工夫少，又废西窗半夜眠。

〔一〕两首录其二。

① 筇（qióng）枝：筇竹杖。② 窸窣：轻微细碎的声音。

陈阜卿[①]先生为两浙转运司考试官，时秦丞相孙[②]以右文殿修撰来就试，直欲首送。阜卿得予文卷，擢置第一，秦氏大怒。予明年既显黜，先生亦几蹈危机，偶秦公薨，遂已。予晚岁料理故书得先生手帖，追感平昔，作长句以识其事，不知衰涕之集也

冀北当年浩莫分，斯人一顾每空群[③]。

国家科第与风汉，天下英雄惟使君[④]。

后进何人知大老？横流无地寄斯文。
自怜衰钝辜真赏[⑤]，犹窃虚名海内闻。

① 陈阜卿：陈之茂，字阜卿，官至吏部侍郎兼中书舍人、直学士院。江苏无锡人。② 秦丞相孙：秦桧孙子秦埙。③“冀北”“斯人”二句：陆游追念陈之茂卿知遇之恩。空群，比喻人才被选拔一空。④“天下”句：陆游称赞陈之茂。⑤ 真赏：真能赏识的人。

晓赋

八月江湖风露秋，时闻脱叶下梧楸。
离离斗柄西南指，烂烂天河今古流。
人语正欢过古埭[〔一〕]，角声三弄下谯楼[①]。
百城已共丰年乐，一老犹怀卒岁忧。

〔一〕自注：湖桑埭五更闻挽船声喧甚。

① 谯（qiáo）楼：指城门上的瞭望楼。

游近山

羸病知难赋远游，尚寻好景送悠悠。
乱山孤店雁声晚，一马二童溪路秋。
扫壁有僧求醉墨[①]，倚楼无客话清愁。
残年敢望常强健，到处临归[②]为小留。

① 醉墨：醉后所书。② 临归：将要归去。

示儿子

禄食无功我自知，汝曹何以报明时①。

为农为士亦奚异，事国事亲惟不欺。

道在六经②宁有尽，躬耕百亩可无饥。

最亲切处今相付，熟读周公七月③诗。

① 明时：政治清明的时代。② 六经：是指《诗》《书》《礼》《易》《乐》《春秋》的合称。③ 七月：指《诗经·国风》中的一首古诗《七月》，此诗反映了周代早期的农业和农民情况。

初冬有感

衰发萧萧满镜丝，情怀非复似平时。

风霜十月流年①感，砧杵三更游子悲。

闽峤故人消息恶〔一〕②，蜀江遗老素书迟〔二〕。

一箪豆饭休嫌薄，赋分羁穷合自知。

〔一〕自注：传闻方伯谟病卒。　〔二〕自注：张季长居唐安，岁常通书。

① 流年：如水般流逝的光阴。② 消息恶：坏消息。指方伯谟去世一事。

峨冠本愿致唐虞[1]，白首那知堕腐儒。
碌碌不成千载事，骎骎又见一年徂。
无僧解辍[2]斋厨米，有吏频征瘦地租。
要信此翁顽到底，只持一笑了穷途。

① 唐虞：唐尧与虞舜，指太平盛世。② 解辍：停止。

斋中弄笔偶书示子聿

左右琴樽静不哗，放翁新作老生涯[1]。
焚香细读斜川集[2]，候火亲烹顾渚茶[3]。
书为半酣差近古，诗虽苦思未名家。
一窗残日呼愁起，袅袅江城咽暮笳[4]。

① 老生涯：老年人生。② 斜川集：北宋苏轼之子苏过的诗文集。苏过，号斜川。③ 顾渚茶：浙江名茶，产于顾渚。唐代茶圣陆羽在顾渚撰《茶经》一书。④ 暮笳：暮色中的胡笳声。

北望感怀

荥河温洛帝王州，七十年来禾黍[1]秋。
大事竟为朋党误[2]，遗民空叹岁时遒。
乾坤憾入新丰酒[3]，霜露寒侵季子裘[4]。
食粟[5]本同天下责，孤臣敢独废深忧？

①禾黍：黍稷稻麦等农作物。此指《黍离》，悲悯中原故地沦陷。②“大事”句：收复中原的国事被主和派停止。朋党，指结党营私，不图收复主和派。③“乾坤”句：指怀才不遇、壮志难酬。④季子裘：战国苏秦穷苦潦倒穿破貂裘的故事。苏秦，字季子。⑤食粟：指领官俸。

白发

萧萧[①]白发濯沧浪[②]，剡曲西南一草堂。

饮水读书贫亦乐，杜门养病老何伤？

已成五亩扶犁叟，谁记三朝执戟郎[③]。

正似篱边数枝菊，岁残犹复耐冰霜。

①萧萧：头发花白稀疏的样子。②濯沧浪：指洗心涤虑，超脱尘俗。③三朝执戟郎：指陆游在宋孝宗、宋光宗、宋宁宗三朝任职。

病退颇思远游信笔有作〔一〕

平日身如不系舟[①]，曾从楚尾客秦头[②]。

风生江浦千帆晓，月落山城一笛秋。

万事只能催白发，百年终是卧荒丘。

扶衰强项[③]君休笑，尚忆人间汗漫游。

〔一〕庆元六年庚申，七十六岁。

①不系舟：比喻漂泊不定。②“曾从”句：指陆游曾经历了川陕的军旅生活。③强项：挺着脖子不屈服，本指东汉光武帝时的洛阳令董宣，后泛指公正执法，刚正不阿的官员。

自嘲

少读诗书陋汉唐[1]，暮年身世寄农桑。

骑驴两脚欲到地，爱酒一樽常在傍。

老去形容虽变改，醉来意气尚轩昂。

太行王屋[2]何由动？堪笑愚公不自量。

①陋汉唐：少见闻于汉唐。②太行王屋：两座山。传说愚公把太行、王屋二山移开。

寄赠湖中隐者

高标绝世不容亲，识面无由况卜邻[1]。

万顷烟波鸥境界，九秋风露鹤精神。

子推绵上终身隐[2]，叔度颜回一辈人[3]。

无地得申床下拜，夜闻吹笛度烟津。

①卜邻：选择邻居。②“子推”句：指介子推不授晋侯赏事。《左传·僖公二十四年》:“晋侯赏从亡者，介之推不言禄，禄亦弗及。……晋侯求之不获，以绵上为之田。”③“叔度”句：黄宪，

字叔度，汝南慎阳人也。《后汉书·黄宪传》载，颍川荀淑见袁阆，说您的国内有颜回一般的人，袁阆回答是见到叔度才这样说吧。

观画山水

古北安西[1]志未酬，人间随处送悠悠。

骑驴白帝城边雨，挂席[2]黄陵庙外秋。

大网截江鱼可脍，高楼临路酒如油。

老来无复当年快，聊对丹青作卧游[3]。

① 古北安西：古北，即古北口，古代军事要地，在今北京密云东北；安西，时宋金边境前线，在今陕西境内。此指军事前线。② 挂席：行船。席，即帆。③ 卧游：足不出户，于卧榻之上尽览。

枕上作

无地容锥四壁空[1]，浩然亦未怆途穷。

梦回倦枕灯残后，诗在空阶雨滴中。

徂岁[2]易成双鬓秃，故人难复一樽同。

唐安万里音尘绝[3]，谁为寒沙问断鸿〔一〕？

〔一〕自注：张季长今年尚未通书。

① 四壁空：形容家境贫寒。② 徂（cú）岁：光阴流逝。③ 音尘绝：音信断绝。

萧萧白发卧扁舟，死尽中朝旧辈流。
万里关河孤枕梦，五更风雨四山秋。
郑虔自笑穷耽酒[1]，李广何妨老不侯[2]？
犹有少年风味在，吴笺[3]著句写清愁。

①“郑虔”句：唐郑虔诗、书、画三绝，生活穷困，嗜酒如命。②“李广”句：李广抗击匈奴，人称“飞将军”，数奇不封，老死不得封侯。③吴笺：吴地所产的一种书写纸。

初寒

逐禄[1]天涯半此生，明时宽大许归耕。
山围[2]鱼市寒无色，雨掠蓬窗夜有声。
白发青灯身潦倒，残芜落叶岁峥嵘。
尔来有喜君知否？买得乌犍[3]万事轻。

①逐禄：指为官。②山围：群山环抱。③乌犍：泛指耕牛。

早凉熟睡

灵台[1]虚湛气和平，投枕逡巡梦即成。
屋角鸣禽呼不觉，手中书册堕无声。
百年日月飞双毂，千古山河战一枰。
赖有莲峰遗老在，白云深处主齐盟[一][2]。

〔一〕自注：谓陈希夷。

① 灵台：指心，心灵。②“白云”句：五代末北宋初道士陈抟，赐号“白云先生”。陈抟著有《无极图》等，其学说经周敦颐、邵雍阐扬，成为宋代理学的重要组成部分。

倚楼

千里江山入倚楼，高吟①聊复写吾忧。
诗书幸有先人业，贫贱初非学者羞。
数掩槿篱端可老，一杯藜粥尚何求？
东陂②未插青秧遍，且与邻翁卜雨鸠③。

① 高吟：高声歌唱。② 东陂（bēi）：东面的山坡。③ 雨鸠：即鹁鸠，因其鸟将雨时鸣声急，人用以卜晴雨，故称。

西村

乱山深处小桃源，往岁求浆①忆叩门。
高柳簇桥初转马，数家临水自成村。
茂林风送幽禽语，坏壁苔侵醉墨痕。
一首清诗记今夕，细云新月耿②黄昏。

① 求浆：讨水解渴。② 耿：光明的样子。

闭户

收身归死镜湖傍，闭户悠悠白日长。

巷僻断非容驷[1]路，肠枯[2]那有蹴蔬羊[3]？

书生正可蹈东海[4]，世事漫思移太行。

睡起不知天早暮，坐看萤度篆盘香。

① 容驷：指驾四马的大车可通过。② 肠枯：肠空。③ 蹴蔬羊：即羊踏菜园。戏指久食菜蔬的人偶食荤腥。隋代侯白《启颜录》:“有人常食菜蔬、忽食羊，梦五藏（脏）神曰:‘羊踏破菜园。’”蹴，即踏；踩。④ 蹈东海：指战国齐人鲁仲连，竭力反对尊秦为帝，宣称“彼即肆然而为帝，过而为政于天下，则连有蹈东海而死耳，吾不忍为之民也”。见《史记·鲁仲连传》。

长饥

病卧穷阎[1]负圣时，本来吾道合长饥。

朝不及夕未妨乐，死何如生行自知。

早年羞学仗下马[2]，末路幸似泥中龟[3]。

烟波一叶会当逝，吹笛高人有素期[4]。

① 穷阎：陋巷，穷僻的住处。② 仗下马：即仗马，皇宫仪仗中的马。比喻害怕祸及自身而不敢直谏的大臣。③ 泥中龟：《庄子·秋水》载庄子问:“此龟者，宁其死为留骨而贵乎，宁其生而曳尾于涂中乎？……往矣，吾将曳尾于涂中。”指鄙视功名者宁愿过自由的贫寒隐逸生活。④ 素期：平素所期望的。

题斋壁

镜水西头破茅屋，绍兴初载旧书生。

门无车马终年静，身卧云山万事轻。

三釜①昔伤贫藉禄，一廛②今幸老为氓③。

断蓬不是无飞处，莫与飘风抵死争。

① 三釜：比喻微薄的俸禄。② 一廛：一处居宅。③ 氓（méng）：老百姓。

昼卧初起书事〔一〕

岁华病思两侵寻，静看槐楸转午阴。

待睡不来聊小憩，锻诗①未就且长吟。

还山久洗天涯憾，谢事②新谐物外心。

忽有故人分禄米，呼儿先议赎雷琴③。

〔一〕嘉泰元年辛酉，七十七岁。

① 锻诗：认真思考推敲作诗。② 谢事：辞官归隐。③ 雷琴：即雷氏琴，四川名匠雷氏所造的七弦琴。

偶作夜雨诗，明日读而自笑，别赋一首

俗情向者未全忘，洗以萦帘一缕香。

得失故应常浩浩，是非正可付苍苍。

残蝉不断知秋近，双燕归来伴昼长。

谁识龟堂[1]新力量？东家却笑接舆狂[2]。

①龟堂：陆游晚年自号龟堂。②接舆狂：接舆即春秋时楚国隐士陆通（字接舆），狂以遁世。

晚凉述怀

末学常忧堕吝骄[1]，晚知鹏鷃本逍遥。

屏医却药疾良已，破械空囹盗自消。

父子终身美藜藿[2]，交游大半是渔樵。

衡门日落西风起，又著藤冠度野桥。

①吝骄：固执己见，盛气凌人。②藜藿：指粗劣的饭菜。

梅市

梅市柯山[1]小系船，开篷惊起醉中眠。

桥横风柳荒塞外，月堕烟钟缥缈边。

客思况经孤驿路，诗情又入早秋天。

如今老病知何憾？判断江山六十年[2]。

①柯山：地名，在山阴县西南。②“判断”句：陆游于绍兴十年（1140）十六岁开始参加科举考试，此诗作于嘉泰元年（1201），正好六十年。

秋思

利欲驱人万火牛[①]，江湖浪迹一沙鸥。

日长似岁闲方觉，事大如山醉亦休。

衣杵相望深巷月，井桐摇落故园秋。

欲舒老眼无高处，安得元龙百尺楼[②]？

① 万火牛：指火牛阵，牛着彩衣，以油浸苇，束于牛尾，点火燃烧，使牛群冲向敌军。战国时齐国将领田单击败燕国军队的战术。② 元龙百尺楼：三国陈登，字元龙，刘备赞其君子，小人若卧地，元龙当卧百尺楼上。见《三国志·魏书·陈登传》。

秋望

快哉一雨洗浮尘，却喜郊原霁色匀。

野火已亡秦相篆[①]，江涛犹托伍胥神[②]。

登临顿觉清秋早，流落空悲白发新。

东望思陵[③]郁葱里，老民犹及见时巡〔一〕。

〔一〕自注：游尚能记高皇建炎巡幸。

① 秦相篆：秦丞相李斯的篆书。② 伍胥神：伍子胥。赵晔《吴越春秋·夫差内传》载伍子被吴王投尸江中，“胥因随流扬波，依潮来往，荡激崩岸”。传说伍子化为涛神，随钱塘潮朝暮往来，以观吴国之败亡。③ 思陵：即永思陵，南宋高宗赵构的陵墓，在今浙江绍兴东南。

天凉时往来湖山间有作

万壑千岩自古传，青鞋布袜更谁先？
泛舟菰脆鲈肥地，把酒橙黄橘绿天[①]。
秦篆旧碑荒草棘，禹书遗穴惨风烟。
谁知陆子登临日？已近浮生八十年[②]。

① 橙黄橘绿天：指秋天。② 八十年：此诗作于嘉泰元年（1201），陆游七十七岁，故曰近八十。

雨夜叹

秋雨何曾住一滴，老夫危坐欲三更。
开元贞观[①]事谁问，温洛荣河尘未清[②]。
丰年犹有饿死虑，破屋自爱读书声。
刺经作制[③]岂不美？无奈人间痛哭生。

① 开元贞观：指唐兴盛时期。② 尘未清：指沦陷于金的中原地区未收复。③ 刺经作制：指设立制度。

读史

青灯耿耿夜沉沉，掩卷凄然感独深。
恤纬不遑嫠妇叹[①]，美芹欲献野人心[②]。

孤忠要有天知我，万事当思后视今。

君看宣王何似主？一篇庭燎未忘箴[3]。

①“恤纬”句：指寡妇不忧织事而忧国家危亡。见《左传·昭公二十四年》:“嫠不恤其纬，而忧宗周之陨。”②“美芹”句：指所献菲薄，而发自诚心。③“君看”句，指周宣王勤政。《毛诗序》：“《庭燎》，美宣王也。因以箴之。”庭燎意为宫廷中照亮的火炬。

客去追记坐间所言

征西[1]幕罢几经春，叹息儿音尚带秦。

每为后生谈旧事，始知老子是陈人[2]。

建隆乾德开王业[3]，温洛荣河厌虏尘。

倘得此生重少壮，临危敢爱不赀身。

① 征西：指陆游西戍川陕的军旅生活。② 陈人：过去时代之人。③“建隆”句：指宋太祖开国。建隆（960—962）、乾德（963—967）是宋太祖的两个年号。

生日子聿作五字诗十首为寿，追怀先亲泫然有作[一]

我生尚及宣和[1]末，颁历[2]频惊岁月移。

负米养亲无复日，蓼莪[3]废讲岂胜悲。

渡江百口今谁在？抱憾终身只自知。

文字虚名何足道？樽前愧汝十章诗。

〔一〕十月十七日。

① 宣和：北宋徽宗的第六个年号（1119—1125），也是北宋最后一个年号。② 颁历：颁布新年历。③ 蓼莪：《诗经·小雅·蓼莪》。《毛诗序》："《蓼莪》，刺幽王也，民人劳苦，孝子不得终养尔。"

江上

禹会桥头江渺然，隔江村店起孤烟[①]。
冷云垂野雪方作，断雁叫群人未眠。
万里漂流归故国[②]，一生蹭蹬付苍天。
暮年尚欲师周孔[③]，未遽长斋绣佛前。

① 孤烟：村落升起的炊烟。② 故国：指陆游家乡山阴。③ 周孔：周公和孔子的合称，指古代圣贤。

冬朝

风入园林彻夜鸣，晓看黄叶与阶平。
篝炉火著衣初暖，爨釜[①]薪干粥已成。
洁己功夫先盥颒[②]，正心事业始冠缨[③]。
圣贤虽远诗书在，殊胜邻翁击磬声。

① 爨釜（cuàn fǔ）：烧火做饭。爨，炉灶。釜，锅类炊具。

② 盥颒（guàn huì）：洗手洗脸。颒，洗脸。③ 冠缨：指仕宦。冠缨即帽带。

冬暮

晓角昏钟为底忙，岂容老子更禁当？
乘除[①]富贵惟身健，补贴光阴有夜长。
临水小轩初见月，满庭残叶不禁霜。
巴江尺素何时到，剩著新诗寄断肠〔一〕。

〔一〕自注：张梓州书久不至。

① 乘除：计算。

书喜

堪笑龟堂老更顽，天教白发看青山。
家居禹庙兰亭路，诗在林逋魏野[①]间。
略计未尝三日醒，细推犹得半生闲。
今年况展南湖面，朝借樵风[②]暮可还〔一〕。

〔一〕自注：时方有朝命复镜湖。

① 林逋魏野：林逋，北宋诗人，终生未娶，有“梅妻鹤子”之称，隐居杭州西湖小孤山。魏野，北宋诗人，河南陕州人，常在泉林间弹琴赋诗。② 樵风：指顺风。

有道流过门，留与之语，颇异，口占赠之

万里纵横自在身，偶然来看剡溪春。
取将月去闲娱客，携得云归远寄人。
缩地不妨游汗漫，移山随处对嶙峋。
须君更出囊中剑，一为关河[①]洗虏尘[②]。

①关河：函谷关和黄河。此指沦陷于金人的中原地区。②虏尘：指金人的军队。

小饮梅花下作

脱巾莫叹发成丝[①]，六十年间万首诗[一][②]。
排日醉过梅落后，通宵吟到雪残时。
偶容后死宁非幸？自乞归耕已憾迟。
青史满前闲即读，几人为我作蓍龟[③]。

〔一〕自注：予自年十七八学作诗，今六十年已得万篇。

①成丝：白发。②万首诗：陆游诗存世有九千三百余首，故称万首。③蓍（shī）龟：占卜。古人以蓍草与龟甲占卜凶吉。

送施武子通判[一]

初入修门鬓未秋，安期千里接英游[①]。
退归久散前三众，迈往欣逢第一流。

只道升沉方异趣，岂知气类[2]肯相求。

龙钟[3]不得临江别，目断西陵烟雨舟。

〔一〕嘉泰二年壬戌，七十八岁。

① 英游：才能或智慧出众的人物。② 气类：意气相投者。③ 龙钟：身体衰弱，年老行动不便的样子。

散步湖堤上，时方浚湖，水面稍渺弥[1]矣

老觉人间万事轻，不妨闲处得闲行。

西山鸟没暮云合，南浦波平春水生。

孤操[2]不渝无鹤怨[3]，淡交耐久有鸥盟[4]。

先民幸处吾能胜，生长兵间老太平〔一〕。

〔一〕自注：邵尧夫自谓生于太平，老于太平，为太平之幸民。彼岂知幸哉！若予生于乱离，乃老于太平，真可谓幸矣。

① 渺弥：水流远逝，迷蒙旷远的样子。② 孤操：凛然高洁的情操。③ 鹤怨：鹤因隐士出山而怨，指期待归隐。④ 鸥盟：与鸥鸟相伴，比喻隐退。

舍外弥望皆青秧白水喜而有作

此处天教著放翁，舍旁烟树[1]晚空濛。

一无可憾得归老，寸有所长能忍穷。

东作已趋尧旧俗，南薰方咏舜遗风。

谢安[2]勋业能多少？枉是匆匆起剡中。

① 烟树：雾霭迷蒙衬托下的树木。② 谢安：字安石,陈郡阳夏（今河南太康）人，有雅量。东晋时，他挫败桓温篡位阴谋，淝水之战赢得胜利。

雨夜观史

读书雨夜一灯昏，叹息何由起九原。

邪正古来观大节，是非死后有公言。

未能剧论希扪虱[1]，且复长歌学叩辕[2]。

他日安知无志士？经过指点放翁门。

① 扪虱：即扪虱而谈。一边摸虱子一边谈话，形容说话随便，不拘小节。《晋书·王猛传》:“桓温入关，猛被褐而诣之，一面谈当世之事，扪虱而言，旁若无人。”②“且复”句：指寒士怀才求仕。《说苑》:“邹子说梁王曰：宁戚扣辕行歌，桓公任之以国。”

自局中归马上口占〔一〕

幼舆[1]只合著山岩，误被恩光不盖惭。

人怪衰翁烦尺一[2]，心知造物赋朝三。

飞腾岂少摩云鹘，蹙缩方同作茧蚕。

安得公朝悯枯朽，早教归卧旧茅庵。

〔一〕先生自绍兴元年还山，家居十有三年。至是嘉泰二年，以孝宗、光宗两朝实录及三朝史未就，诏同修国史、实录院同修撰，免奉朝请，寻兼秘书监，明年书成，致仕。此处前有《入都》一首，《开局》一首，未抄。以后多在史局时所作。

① 幼舆：谢鲲（281—324），字幼舆，陈郡阳夏（今河南太康）人。晋朝名士。《世说新语·品藻》："明帝（司马昭）问谢鲲：'君自谓何如庾亮？'答曰：'端委庙堂，使百官准则。臣不如亮；一丘一壑，自谓过之。'"《世说新语·巧艺》载顾长康（顾恺之）画谢幼舆在岩石里。人问其所以，顾曰："谢云：'一丘一壑，自谓过之。'此子宜置丘壑中。"② 尺一：尺一之书，即指诏书。

秋思

乌帽翩翩九陌[①]尘，杖藜谁记岸纶巾[②]。
遗簪[③]见取终安用，敝帚虽微亦自珍[④]。
廊庙似闻怜老病，云山渐欲属闲身。
墙隅苜蓿秋风晚，独倚门扉感慨频。

① 九陌：指都城大道和繁华街市。② 岸纶巾：头巾裹头时，露出前额。纶巾，即头巾。③ 遗簪：形容怀念故人、旧物。④"敝帚"句：指自己的东西虽如破旧的扫帚，但也当作千金宝贝。

霜露初侵季子裘[①]，山川空赋仲宣楼[②]。
梦回最怯闻衣杵，病起常忧负酒筹。
日月往来双转毂，乾坤成坏一浮沤。
书生事业无多许，二寸毛锥[③]老未休。

① 季子裘：指衣服破敝，难御风寒。季子，即苏秦。裘，即

毛皮衣。② 仲宣楼：指抒发忧国怀家的悲伤。王粲，字仲宣，汉末人，有文名，作《登楼赋》。③ 毛锥：即毛笔，形状如锥。

史院晚出

已乞残骸老故丘，误恩重作道山游。
龙津[①]雨过桥如拭，凤阙烟销瓦欲流。
直舍[②]小眠钟报午，归途微冷叶飞秋。
心知伏枥无千里[③]，纵有王良[④]也合休。

① 龙津：龙津桥。② 直舍：官吏古代当值办事之处。③“心知”句：曹操《步出夏门行》:“老骥伏枥，志在千里。”伏枥，即马在厩中，指壮志未酬，蛰居待时。④ 王良：春秋时善于骑马的人。

怀故山

老怯京尘化素衣，无端抛掷钓鱼矶[①]。
碧云又见日将暮，芳草不知人念归。
万事莫论羁枕梦，一身方堕乱书围。
岷山学士[②]无消息，空想灯前语入微〔一〕。

〔一〕自注：张季长秘阁久不得书。

① 钓鱼矶：钓鱼台。东汉严陵不赴征召，隐居垂钓。此指归隐。② 岷山学士：即张季长，是陆游在南郑幕中结识的岷山蜀

士。陆游《祭张季长大卿文》:“於戏！世之定交有如某与季长者乎？一产岷下，一家山阴，邂逅南郑，异体同心，有善相免，阙遗相箴。”

访客至北门抵暮乃归

北郭那辞十里遥，上车且用慰无聊。

九衢[1]浩浩市声合，四野醋醋雪意骄。

清镜[2]乍磨临绿浦，长虹[3]横绝度朱桥。

归来熟睡明方起，卧听邻墙趁早朝。

① 九衢：四通八达的大道。② 清镜：湖面水平如镜。③ 长虹：此指桥。

寄题儒荣堂〔一〕

军容基祸[1]庙谋疏，尚记文登遣使初。

只道大功随指顾[2]，至今遗种费诛锄[3]。

还朝不遣参麟笔[4]，寓直空闻上石渠[5]。

剩办杀青[6]君记取，龙庭焚尽始成书。

〔一〕自注：朝散大夫徐梦莘著《北盟录》，上之，除直秘阁，训辞有“儒荣”之语，因以名堂，来求赋诗。

① 基祸：肇祸。基，指开头，起始。② 指顾：手指目视，形容时间的短暂。③ 诛锄：锄头清理草茅。泛指诛灭铲除。④ 麟

笔：史官之笔；绝笔。鲁哀公十四年（前481）春发生的"西狩获麟"事件，孔子作《春秋》结束。⑤ 石渠：石渠阁。《三辅黄图·阁》："石渠阁，萧何造。其下砻石为渠以导水，若今御沟，因为阁名。所藏入关所得秦之图籍。"⑥ 杀青：古代竹简图书，先以毛笔写于青竹皮上，誊写时削去青皮，写于竹白。称"杀青"。后泛指完成作品。

送任夷仲大监〔一〕

往者江淮未彻兵，丹阳邂逅识耆英①。

叩门偶缀诸公后，倒屣②曾蒙一笑迎。

敢意痴顽成后死？相从仿佛若平生。

小诗话别初何有？一段清愁伴橹声〔二〕。

〔一〕自注：元受之子。　〔二〕自注：游昔在京，日与陈应求、冯圜仲、查元章、张钦夫诸人从先提刑游，今三十九年矣。

① 耆英：称高年硕德者。② 倒屣：倒穿着鞋。形容主人急于热情迎客。

孤坐无聊每思江湖之适

世上元无第一筹①，此身只合卧沧洲②。

舻摇渔浦③苍茫月，帆带松江浩荡秋。

有酒人家皆可醉，无僧山寺亦闲游。

老来阅尽荣枯事④，万变惟应一笑酬。

① 第一筹：指最重要。②“此身”句：指归隐山间林畔，沧州借指隐居。③ 渔浦：打鱼的出入口。④ 荣枯事：指荣辱成败。

武林

皇舆久驻武林宫①，汴雒②当时未易同。

广陌有风尘不起，长河无冻水常通。

楼台飞舞祥烟外，鼓笛喧呼明月中。

六十年间几来往，都人谁解记衰翁〔一〕？

〔一〕自注：绍兴癸亥，予年十九，以试南省来临安，今六十年矣。

① 武林宫：指南宋都城临安（杭州）。② 汴雒（lùo）：开封和洛阳。汴京指开封，称东京；洛阳称西京。

立春后十二日命驾至郊外，戏书触目〔一〕

身兼老病常归卧①，天半阴晴偶出游。

鹦鹉碧笼当户外，秋千画柱出墙头。

年华冉冉飞双翼，梦境悠悠寄一沤②。

旅食都门那可久？少留应为赋春愁。

〔一〕嘉泰三年癸亥，七十九岁。

① 归卧：指还乡隐居。② 一沤：一个水泡。佛门语，比喻生命的幻空。

宫云缥缈漏声迟，梦里华胥[1]却自疑。
春浅风光先盎盎，时平节物共熙熙。
画帘不卷闻人语，玉勒[2]徐行避酒旗。
阅尽辈流[3]身独健，恍如随计[4]入都时。

① 华胥：华胥氏之国，神话中无为而治的理想国家。② 玉勒：镶美玉带嚼子的马笼头。③ 辈流：同辈，同侪。④ 随计：贫寒之士刻苦求取功名。

丹成不服怕升天，岂料乘风到日边？
九陌楼台生细霭[1]，万家弦管送流年。
香车宝马沿湖路，绣幕金罍[2]出郭船。
折简[3]亦思招客醉，不堪春困又成眠。

① 细霭：雾气。② 金罍（léi）：借指酒器。③ 折简：谓折半之简，指书册、简牍的残篇。

出谒晚归

万卷纵横眼欲盲，偶随尺一起柴荆[1]。
渊鱼脱水知难悔，野鹤乘车只自惊。
苑路落梅轻有态，御沟流水细无声。
红尘朝暮何时了？促驾归来洗破觥[2]。

① 柴荆：用木条、荆条等制成的简陋的门，形容贫寒。② 破觥（gōng）：旧酒杯。

东轩花时将过感怀二首

小轩风月得婆娑[1]，尽付流年与啸歌。

细数一春今过半，正令百岁亦无多。

还家常恐难全璧[2]，阅世深疑已烂柯[3]。

只欲闭门撦[4]倦枕，晚风无奈落花何。

① 婆娑：盘旋舞动的样子。② 全璧：这里比喻事情圆满而无遗憾。③ 烂柯：指时间已久，人事变迁。④ 撦（zhī）：同“支”，支撑。

社雨[1]晴时燕子飞，园林何许觅芳菲[2]。

江山良是人谁在？天地无私春又归。

残史有期成汗简，修门即日挂朝衣。

人生念念皆堪悔，敢效渊明叹昨非[3]。

① 社雨：春社季节时的雨。② 芳菲：指香花芳草。③“敢效”句：陶渊明《归去来辞》:“实迷途其未远，觉今是而昨非。”

舟行钱清[1]柯桥之间〔一〕

逾年梦想会稽城，喜挂高帆浩荡行。

未见东西双白塔，先经南北两钱清。

儿童鼓笛迎归舰，父老壶觞叙别情。

想到吾庐犹未夜，竹间正看夕阳明。

〔一〕先生以壬戌六月十四日入都门，癸亥五月十四日去国，中有闰月，相距恰及一年。至是，又归山阴。

① 钱清：江名，在今浙江境内。

子聿至湖上待其归

舍北犬吠迎归航，老翁待儿据胡床。

碧云忽起欲吞日，黄叶自凋非霣[1]霜。

十风五雨岁则熟，左飧[2]右粥身其康。

岂无深谷结茅屋？父子读易消年光。

① 霣（yǔn）：通“陨”，降；落下。② 飧（sūn）：晚饭。这里指饮食。

对酒示坐中

绿橙丹柿斗时新[1]，一笑聊夸老健身。

大度乾坤容纵酒，多情风月伴垂纶。

初生京洛逢时泰，幼度江淮避虏尘[2]。

八十年间穷不死，犹能涧底束荆薪。

① 时新：应时而鲜美的物品。②“初生”句：陆游出生于北宋徽宗宣和七年（1125），那时宋朝政局稳定，百姓安居乐业。陆游幼年宋与金战，全家渡过江淮，躲避兵乱。《绍兴和议》后，两

国以淮水—大散关为界，南宋偏安临安（杭州）。

北窗

破屋颓垣啸且歌，一窗随处寄婆娑。

阅人①每叹同侪少，遇事方知去日②多。

云湿沙洲秋下雁，雨来荻浦夜鸣鼍。

何时更续扁舟兴？剩载郫筒③醉绿萝〔一〕④。

〔一〕自注：绿萝溪在夷陵。

① 阅人：观看人；观察人。② 去日：已过去的岁月。③ 郫筒：竹制盛酒器，代指酒。④ 绿萝：溪名。

冬夜对书卷有感

人生如梦①终当觉，世事非天孰可凭？

万卷虽多当具眼②，一言惟恕③可铭膺④。

所闻要足敌忧患，吾道岂其无废兴？

白发萧萧年八十，依然父子短檠灯。

① 人生如梦：语出《金刚经》："一切有为法，如梦幻泡影，如露亦如电，应作如是观。"② 具眼：具有选择、鉴别的眼力。③ 惟恕：语出《论语·卫灵公》：子贡问曰："有一言而可以终身行之者乎？"子曰："其'恕'乎！己所不欲，勿施于人。"④ 铭膺：铭记在心。

寄题王才臣山居

王子自少无他娱，求佳山林结草庐。

头童齿豁[①]已衰矣，衣敝屡空常晏如[②]。

出游耻怀祢衡刺[③]，归卧尽读倚相书[④]。

他日叩门倾白堕[⑤]，要看著句到黄初[⑥]。

①头童齿豁：年老体衰的容貌。童，即光秃，此指头发秃。豁，即缺口，此指牙齿脱落。②晏如：安然自若的样子。③祢（Mí）衡刺：指拜访他人；不被接纳。刺，名片。古代刻字于竹简，故名刺字。④倚相书：借指古代典籍。⑤白堕：指美酒。古代酒名，典出《洛阳伽蓝记》。⑥黄初：三国时期魏文帝曹丕的年号（220—226）。

读书有感

洙泗[①]诸生尊所闻，岂容兀者[②]亦中分？

焚经竟欲愚黔首[③]，亡史谁能及阙文。

吾道固应千古在，几人虚用一生勤。

世间倚相何曾乏？会与明时诵典坟。

①洙泗：洙水和泗水，在今山东境内。春秋时孔子曾于二水之间讲学，后以“洙泗”指代孔子和儒家。②兀者：指兀者王骀。庄子《德充符》：“鲁有兀者王骀，从之游者与仲尼相若。常季问于仲尼曰：‘王骀，兀者也。从之游者，与夫子中分鲁。立不教，坐不议。虚而往，实而归。固有不言之教，无形而心成者耶？是何人也？’仲尼曰：‘夫子，圣人也’。”③“焚经”句：指前213年，秦始皇接受丞相李斯的建议，下令焚书。黔首：平民百姓。

春晚雨中作[一]

冉冉流光不贷人，东园青杏又尝新。
方书[①]无药医治老，风雨何心断送春？
乐事久归孤枕梦，酒痕空伴素衣尘。
畏途回首涛澜恶，赖有云山著此身。
〔一〕嘉泰甲子，八十岁。

① 方书：专门记载或论述方剂之书。

野步至近村

耳目康宁手足轻，村墟草市[①]遍经行。
孝经章里观初学，麦饭香中喜太平。
妇女相呼同夜绩，比邻竭作事春耕。
勿言野馌无盐酪[②]，笋蕨何妨淡煮羹。

① 草市：乡村定期的集市。② 盐酪：一种粥状的酸酒。

遣兴

聒聒[①]鸣鸠莫笑渠，百年我亦旋枝梧。
病知药物难为验，老觉人间不足娱。
茅屋何妨度寒暑，蔬餐且可遣朝晡[②]。

钓船一出无寻处，千顷江边雪色芦。

① 聒聒（guō）：象声词，喧扰嘈杂声。② 朝晡：早晚。此处指一日两餐之食。

老荷君恩许醉眠，散人[1]名号愧妨贤。
久叨物外清闲福，粗识诗中造化权。
风月四时随指顾，乾坤一气入陶甄[2]。
新秋更欲浮沧海，卧看云帆万里天。

① 散人：闲散不为世用之人，泛指隐士。② 陶甄：借指治理、造就，此处比喻造化。陶、甄，为制陶器转轮。

溪上避暑

暮年事业转悠悠，尽日投竿杜若洲。
世上漫言天爱酒，古来宁有地埋忧？
全家只合云山老，万事空惊岁月遒。
褫带[1]脱冠犹病暍[2]，正平颇忆着岑牟[3]。

① 褫（chǐ）带：解下衣带。② 病暍（yē）：中暑。③“正平”句：南朝宋范晔《后汉书》载：祢衡字正平，善击鼓，曹操欲见之，祢衡称病不肯往。曹操召为鼓吏，着岑牟（鼓角士胄也）单绞之衣。衡裸立，徐徐着岑牟，次着单绞，后着裈。

短发飕飕彻顶凉，悠哉随处据胡床。
但怜鹊影翻残月，不憾蝉声送夕阳。

门巷阴阴桐叶暗，汀洲漠漠藕花香。
寓形宇内终烦促[1]，安得骑鲸下大荒[2]？

①烦促：迫促。②大荒：边远荒凉的地方，语出《山海经》。

湖上

石帆山下旧苔矶，回首平生念念非。
秋早明河[1]低接地，夜深白露冷侵衣。
风生古戍笳争发，月过横塘鹊独飞。
却看宦途倾夺地，恍然败将脱重围。

①明河：银河。

书事

北征谈笑取关河，盟府何人策战多？
扫净烟尘归铁马，剪空荆棘出铜驼。
史臣历纪平戎策[1]，壮士遥传入塞歌。
自笑书生无寸效，十年枉是枕雕戈[2]。

①平戎策：平定战事，报效国家的计策。戎，指入侵者。②雕戈：雕有花纹的戈矛。

野兴〔一〕

早见高皇宇宙新，耄年犹作太平民。
虚名仅可欺横目，戆论[①]曾经犯逆鳞[②]。
原野暮云低欲雨，陂湖秋水浩无津。
萧条生计君无笑，一钵藜羹敌八珍。

〔一〕四首，录三、四。

①戆（zhuàng）论：直言刚正之论。②犯逆鳞：犯鳞。指人主或强权之威。

饱见人间行路难，暂陪鸳鹭[①]意先阑。
集仙院里三题石。神武门前两挂冠。
饥饿了无千里志，倦飞元怯九霄寒。
客来莫笑蓬窗[②]陋，若比巢居已太宽。

①鸳鹭：鸳鸯和鹭鸶。②蓬窗：用蓬草编制的门窗，此指简陋的住所。

秋兴〔一〕

世事元看等一毫[①]，纷纷宠辱陋儿曹。
雁行横野月初上，桐叶满庭霜未高。
细考虫鱼笺《尔雅》，广收草木续《离骚》。
更余一事君知否？卧听床头滴小槽[②]。

〔一〕二首，录其次。

① 等一毫：与秋毫相等，比喻极其微小。② 小槽：酿酒器，即酒槽。

风雨夜坐

寒风凄紧雨空濛，舍北新丹数树枫。
欹枕旧游来眼底，掩书余味在胸中。
松明[1]对影谈玄客，筱[2]火围炉采药翁。
君看龟堂新境界，固应难与俗人同。

① 松明：山松劈成细条，燃以照明。② 筱（xiǎo）：小竹，细竹。

月夕幽居有感

五岳名山采药身，可怜骑马踏京尘。
浮名本是挺灾物，谢事宁非得道因？
出岫[1]每招云结伴，巢松仍与鹤为邻。
剑南旧隐虽乖隔[2]，依旧柴门月色新。

① 出岫（xiù）：出山。岫，峰峦。② 乖隔：分离，别离。

寒夜将旦作

白发垂肩无二毛[①]，胸中消尽少年豪。
河倾月没夜将旦，木落草枯秋已高。
窗下灯残候虫语，墙隅栖冷老鸡号。
曲肱不复更成寐，起视寒空如断鳌。

① 二毛：花白的头发。《左传·僖公二十二年》："公曰：'君子不重伤，不禽二毛。'"杜预注："二毛，头白有二色。"

舟中作

一叶轻舟一破裘[①]，飘然江海送悠悠。
闲知睡味甜如蜜，老觉羁怀[②]淡似秋。
失侣云间孤雁下，耐寒波面两凫浮。
年逾八十真当去，似为云山尚小留。

① 破裘：旧皮衣。② 羁怀：羁旅在外的情怀。

元日读《易》[一]

伏羲三十余万岁，传者太山一毫茫。
春秋虽自鲁麟绝[①]，礼乐盖先秦火亡[②]。
孟轲财能道封建[③]，孔子已不言鸿荒[④]。
於虖易学幸未泯，安得名山处处藏。

〔一〕宁宗开禧元年乙丑，八十一岁。

①“春秋”句：《春秋·哀公下》：“十有四年春，西狩获麟。”《左传》杜预注：“麟者，仁兽，圣王之嘉瑞也。时无明王，出而遇获。仲尼伤周道之不兴，感嘉瑞之无应，故因《鲁春秋》而修中兴之教，绝笔于‘获麟’之一句，所感而作，固所以为终也。”②秦火亡：前213年秦始皇焚书。《史记·儒林列传》：“及至秦之季世，焚诗书，坑术士，六艺从此缺焉。”③“孟轲”句：指孟子把赢得民心看成是治国的头等大事。《孟子·尽心下》：“民为贵、社稷次之，君为轻。”④“孔子”句：汉扬雄《法言·问道》：“鸿荒之世，圣人恶之。”

书叹

无能自号痴顽老，尚健人称矍铄翁。
未向松根藏病骨，尚寻花底醉春风。
翩翩孤影如归鹤，冉冉流年付断蓬。
曾谒高皇识隆准①，伤心无复一人同〔一〕。

〔一〕自注：绍兴朝士，自周丞相下世，独予尚在尔。

①隆准：高鼻梁儿。借指皇帝。《史记·高祖本纪》：“高祖为人，隆准而龙颜。”

夜兴

脱冠残发冷飕飕，北斗阑干河汉秋。
木末①有风栖鹊起，亭皋无月乱萤流。

酒悭仅得时时醉，诗退难禁夜夜愁。
欲睡不妨还小立[2]，一声菱唱起沧洲。

① 木末：树梢。② 小立：短暂站立。

读赵昌甫诗卷

蜗庐[1]溽暑不可过，把卷一读赵子诗。
如游麻源第三谷，忽见梅花开一枝。
寄书问讯不可得，握臂晤语应无期。
惟当饮水绝火食[2]，海山忽有相逢时。

① 蜗庐：如蜗壳的房子，借指狭小。② 火食：吃熟食。

醉题

来往人间今几时，悠悠日月独心知。
寻僧共理清宵[1]话，扫壁[2]闲寻往岁诗。
匹马秋风入条华，孤舟暮雪钓湘漓。
只愁又踏关河路，荆棘铜驼使我悲。

① 清宵：清静的夜晚。② 扫壁：即扫壁寻诗，诗受到冷遇，此指陆游自嘲。宋吴处厚《青箱杂记》："世传魏野尝从莱公（寇

准）游陕府僧舍，各有留题。后复同游，见莱公之诗已用碧纱笼护，而野诗独否，尘昏满壁。时有从行官伎颇慧黠，即以袂就拂之。野徐曰：'若得常将红袖拂，也应胜似碧纱笼。'"

秋望

千里郊原俯莽苍，三江烟水接微茫[1]。
横林虫镂无全叶，新雁风惊有断行。
神禹祠庭遗剑佩，先秦金石[2]古文章。
一樽莫憾盘飧薄，终胜登楼忆故乡。

① 微茫：隐约模糊。② 金石：古代青铜器和石刻碑碣。

秋夜思南郑军中

五丈原头刁斗声，秋风又到亚夫营[1]。
昔如埋剑常思出，今作闲云不计程。
盛事何由观北伐，后人谁可继西平？
眼昏不奈陈编得，挑尽残灯不肯明。

① 亚夫营：军纪严明的军营。汉代名将周亚夫防御匈奴，驻扎处遍植柳树，后世泛称军营为细柳营、亚夫营。

湖上

飘然世外更何求？终日桥边弄钓舟。

回视老身犹长物①，纵无炊米莫闲愁。

烟生墟落②垂垂晚，雁下陂湖处处秋。

欲觅高人竟安在？又闻长笛起沧洲〔一〕。

〔一〕自注：湖中有隐士，月夜必吹笛，人莫有见者。

① 长物：多余的东西。② 墟落：村庄，乡村。

自规

忿欲①俱生一念中，圣贤本亦与人同。

此心少忍②便无事，吾道力行方有功。

碎首宁闻怨飘瓦③，关弓固不慕冥鸿④。

老翁已落江湖久，分付余年一短篷。

① 忿欲：忿恨和欲望。② 少忍：忍耐，克制。③“碎首”句：头被瓦打破宁可怨飘瓦而（不怨掷瓦者）。④“关弓”句：合上弓不思天空有鸿雁飞过而（搭箭去射）。

枕上作

一室幽幽梦不成，高城传漏过三更。

孤灯无焰穴鼠出，枯叶有声邻犬行。

壮日自期如孟博[1]，残年但欲慕初平[2]。
不然短楫弃家去，万顷松江看月明。

① 孟博：东汉范滂，字孟博。《后汉书·党锢传·范滂》："滂登车揽辔，慨然有澄清天下之志。"② 初平：东晋黄初平，也乐"黄大仙"。葛洪《神仙传》载黄初平叱石成羊，是得道仙人。

怀旧

身是人间一断蓬[1]，半生南北任秋风。
琴书昔作天涯客[2]，蓑笠今成泽畔翁。
梦破江亭山驿外，诗成灯影雨声中。
不须强觅前人比，道似香山[3]实不同。

① 断蓬：断了根的蓬草，比喻漂泊不定。② 天涯客：远离家乡、漂泊在外的人。③ 香山：指白居易，白居易晚居住洛阳香山寺，故称。

秋晚书怀

七泽三巴日月长，即今万事付茫茫。
结庐穷僻新知少，属疾沈绵[1]旧学荒。
中夜饭牛初上坂[2]，千年化鹤复还乡。
自怜尚觉身为累，剩蓄荆薪待雪霜。

① 沈绵：疾病缠身，久治不愈。② 坂（bǎn）：山坡；斜坡。

颓然兀兀复腾腾，万事惟除死未曾。
无奈喜欢闲弄水，不胜顽健[1]远寻僧。
唤船野岸[2]横斜渡，问路云山曲折登。
却笑吾儿多事在，夜分未灭读书灯。

① 顽健：身体强壮，自谦语。② 野岸：村郊野外的水边。

忆昔〔一〕

忆昔先皇绌[1]柄臣，招徕贤隽聚朝绅[2]。
宁知遗憾忽千载？追数同时无一人。
埋骨九原应已朽，残书数帙尚如新。
此身露电[3]那堪说，也复灯前默怆神。

〔一〕自注：偶见张安国、周子充、刘韶美、王景文、陈德召、任元受遗集，为之感怆，作长句纾悲，不知涕泗之集也。

① 绌（chù）：通“黜”，废除，放逐。② 朝绅：朝廷重臣。③ 露电：即如露亦如电，语出《金刚经》，比喻人生短暂。

蜀汉

忆昔遨游蜀汉间，骎骎五十尚朱颜。
呼鹰雪暗天回路，采药云迷御爱山。
旧事已无人共说，征途犹与梦相关。
夕阳不觉凭阑久，待得林鸦接翅[1]还。

①接翅：翅膀靠近翅膀，形容飞鸟众多。

唐虞

唐虞虽远愈巍巍，孔氏如天孰得违？
大道岂容私学裂，专门[1]常怪世儒非。
少林尚忌随人转[2]，老氏亦尊知我稀[3]。
能尽此心方有得，勿持糟粕议精微。

①专门：独立门户，一家之学。②“少林”句：指禅宗直指人心，见性成佛。少林，嵩山少林寺。菩提达摩见梁武帝，知机不契，寓止嵩山少林寺，面壁而坐，终日默然。③“老氏”句：《老子·德经》：“知我者希，则我者贵。是以圣人被褐而怀玉。”

望永思陵

高帝[1]中兴万物春，青衫曾忝缀廷绅。
仕为将相却常事，年及耄期能几人？
早幸执殳[2]观北伐，晚叨秉笔纪东巡。
归耕况复苍梧近，郁郁葱葱佳气新[一]。

〔一〕自注：绍兴末，驾幸金陵，游适在朝列。淳熙末，修高宗实录，游首被选。

①高帝：南宋高宗赵构。②执殳（shū）：指为朝廷效力，或指士兵。

闭户

乞身林下[1]养衰残，闭户宁容外物干？
正使有为终淡泊，未能无疾已轻安[2]。
寸阴息念如年永，丈室端居抵海宽。
老子尔来深达此，却嫌儿女话团栾。

① 林下：指隐居之处。② 轻安：身心轻松安稳。

秦皇酒瓮下垂钓偶赋

酒瓮山边古钓矶，沙鸥与我共斜晖。
目前虽有小得丧，天下岂无公是非。
沧海横流[1]何日定，古人复起欲谁归？
道边醉倒君奚憾，岂失风尘[2]一布衣。

① 沧海横流：比喻政治黑暗，社会混乱不安。② 风尘：尘世，现实的生活处境。

初夏出游

早缘疏拙[1]遂归耕，晚为沈绵得养生。
药镵[2]钓竿缘已熟，海村山市眼偏明。
安西万里人何在？广武千年憾未平。
但使莲峰归路稳，亦无闲手揖公卿。

① 疏拙：粗略迟钝。② 药镵（chán）：制药的器具。

平生与世旷周旋，惟有清游[1]意独便。
小灶炊菰[2]山市口，束刍秣蹇[3]海云边。
春融憾欠舒长日，秋爽已悲摇落天[4]。
首夏清和真妙语，为君诵此一欣然。

① 清游：清雅的游览。② 炊菰：以茭白烧火做饭。菰，茭白。③ 秣蹇：饲养蹇驴或驽马。④“秋爽”句：指秋天苍凉气氛。

泥䵵[1]棕鞋雨垫巾，闲游又送一年春。
长歌聊对圣贤酒，羸病极知朝暮人。
废堞荒郊闲吊古[2]，朱缨青杏正尝新。
桃源自爱山川美，未必当时是避秦[3]。

① 泥䵵（yuè）：泥污。② 吊古：凭吊古迹。③“桃源”“未必”二句：桃花源山水秀美，遂乐于居此。陆游反用其意。

暑夜泛舟

暑气方然[1]一鼎汤，偶呼艇子夜追凉[2]。
微风忽起发根冷，阙月初升林影长。
渐近场中[3]闻笑语，却从堤外看帆樯。
超然自适君知否？身世从来付两忘。

① 方然：表示现在。② 追凉：乘凉；纳凉。③ 场中：指表演或比赛的地方。

烈暑原知不可逃，天将清夜付吾曹。
小舟行处浦风急，健鹘归时山月高。
愚智[1]极知均腐骨，利名何啻一秋毫。
等闲分得吴松水，安用并州快剪刀[2]？

①愚智：愚者与智者。②“等闲”句：化用杜甫《戏题画山水图歌》:“焉得并州快剪刀，剪取吴淞半江水。”

观邸报感怀

六圣涵濡寿域[1]民，耄年肝胆尚轮囷。
难求壮士白羽箭，且岸先生乌角巾。
幽谷主盟猿鹤社，扁舟自适水云身[2]。
却看长剑空三叹，上蔡临淮[3]奏捷频。

①寿域：百姓得享天年的太平盛世。②水云身：指居无定处，来去自由之身。原指行脚僧。③上蔡临淮：今河南上蔡县与安徽凤阳县临淮关镇，此指南宋与金交界处。

对酒

断简残编不策勋[1]，东皋犹得肆微勤[2]。
荣枯一枕春来梦，聚散千山雨后云。
烟水幸堪供眼界，世缘何得累心君。

床头小瓮今朝熟，拨置闲愁且一欣。

① 策勋：记功劳于书策。② 肆微勤：从事轻微的农活。肆，从事，参加。

感事

曾事高皇接隽游，君恩天地若为酬。
济时已负终身愧，谋己常从一笑休。
在昔风尘驰厩[1]置，即今烟雨暗耕畴。
孤愁欲豁宁无地？野店逢僧每小留。

① 驰厩：马舍。

秋思

诗人本自易悲伤，何况身更忧患场。
乌鹊成桥[1]秋又到，梧桐滴雨夜初凉。
江南江北堠[2]双只，灯暗灯明更短长。
安得平生会心侣？一尊相属送流光。

① 乌鹊成桥：指牛郎织女鹊桥相会的故事。② 堠（hòu）：古代嘹望敌情的土堡。

闲游

大冠长剑[①]已焉哉，短褐秃巾[②]归去来。

五世业儒书有种，一生任运仕无媒。

麦经小雨家家下，菊著新霜处处开。

自笑闲游心未歇，青鞋[③]踏碎白云堆。

① 大冠长剑：戴高冠佩长剑。指位居显官。② 短褐秃巾：粗布短衣不戴巾帻。指百姓所穿的服饰。③ 青鞋：草鞋，山野之人的衣着。

记梦

久住人间岂自期？断砧残角[①]助凄悲。

征行忽入夜来梦，意气尚如年少时。

绝塞[②]但惊天似水，流年不记鬓成丝。

此身死去诗犹在，未必无人粗见[③]知。

① 断砧残角：残缺的捣衣石；远处隐约的角声。② 绝塞：遥远的边塞。③ 粗见：略微看得出。

书几试笔

鬓毛萧飒齿牙疏，九十侵寻八十余。

屋小苦寒犹省火，窗明新霁倍添书。

解梁[①]已报偏师入，上谷[②]方看大盗除。
药笈箸囊幸无恙，莲峰吾亦葺吾庐〔一〕。

〔一〕自注：偶见报，西师复关中郡县，昔予常有卜居条华意，因及之。

① 解梁：古城名。春秋属晋地，今山西临猗（yǐ）西南。② 上谷：古冀州地，战国属赵，今河北中部及西部地区。

幽居遣怀〔一〕

习气深知要扫除，时时褊忿[①]独何欤？
呼童不应自生火，待饭未来还读书。
世态讵堪闲处看？俗人自与我曹疏。
作诗未必能传后，要是幽怀得小摅[②]。

〔一〕三首录其末。

① 褊忿：心胸狭隘，易于发怒。② 小摅（shū）：略微抒解。

湖上晚归

蓬山再别四经秋，来日翩翩去日遒。
无酒可倾殊省事，有诗浑忘亦良筹[①]。
梅花遮路如撩客，槲叶飘风已满沟。
湖上榜舟[②]归薄暮，斜阳红入寺家楼。

①良筹：良策。筹，计谋、计策。②榜舟：划船。

醉中作

名酝羔儿[1]拆密封，香粳玉粒出新舂。
披绵珍鲞经旬熟，斫雪双螯洗手供。
吟罢欲沉江渚月，梦回初动寺楼钟。
炉烟袅袅衣篝[2]暖，未觉家风是老农。

①羔儿：古酒名，一种用糯米酿制的酒，即羊羔酒。酒极佳，故多以泛指美酒。②衣篝：薰衣用的竹笼。

感老

人生六十已为衰，况我颓龄[1]及耄期[2]。
对酒尚如年少日，爱书不减布衣时。
远游每动辞家兴，大药方从出世师。
但向青编观曩事[3]，英雄何代不儿嬉？

①颓龄：老年。②耄期：对80—90岁年龄的代称。《说文解字》："耄，年九十曰耄。"《礼·曲礼上》："八十九十曰耄。"③曩（nǎng）事：从前、过去的事情。

冬夕闲咏

柳眼梅须漏泄春，江南又见物华新。

终年幽兴遗身世，半夜孤吟怆鬼神。

客有疏亲[1]俱握手，酒无贤圣[2]总濡唇。

放翁自命君无笑，家世从来是散人。

① 疏亲：疏远与亲近。② 贤圣：清酒和浊酒，亦泛指酒。语出《魏书·徐邈传》："平日醉客谓清者为圣人，浊者为贤人。"

自述

勃落[1]为衣隐薜萝，扫空尘抱[2]养天和。

过期未死更强健，与世不谐犹啸歌。

野市萧条残叶满，酒家零落废垆多。

石帆山下孤舟雨，借问君如此老何？

① 勃落：柞树。柞树叶片较大，表面深绿色且光滑无毛。② 尘抱：世俗的情怀。

十一月二十七日夜分披衣起坐，神光自两眦出，若初日，室中皆明，作诗志之

灵府无思踵息[1]微，神光出眦射窗扉。

大冠长剑竟何有，尺宅寸园[2]今始归[3]。

忧患过前④皆梦事，功名自古与心违。

三峰二室⑤烟尘静⑥，要试霜天槲叶衣⑦。

① 踵（zhǒng）息：道家养生炼气法，呼吸徐缓深沉。② 尺宅寸园：尺宅指面部，眉、目、鼻、口之处。寸园指心田，心里。③ 今始归：指拥有这种养生的方法。④ 忧患过前：困苦患难与过往将来之事。⑤ 三峰二室：华山和嵩山。此指中原地区。华山有北、西、南三峰，北峰称云台峰，西峰称莲花峰、芙蓉峰，南峰称落雁峰，南峰最高。嵩山主要山脉是太室山和少室山。⑥ 烟尘静：指宋金的战事结束，收复中原。⑦ 槲（hú）叶衣：用槲树叶做的衣服，指道家仙人的服饰。

岁暮遣兴〔一〕

昔慕骚人赋远游①，放怀蜀栈楚山秋。

橘中尚可著三老②，海外谁云无九州。

薄酒时须浇舌本，闲愁莫遣上眉头。

幅巾短褐吾差便，实厌衣冠裹沐猴③。

〔一〕二首录其一。

① 远游：指楚辞《远游》篇，相传为屈原作。②“橘中”句：指橘中仙。唐牛僧孺《玄怪录》:“有巴邛（qióng）人，不知姓名，家有橘园。因霜后，诸橘尽收，余有两大橘，如三斗盎。巴人异之，即令攀橘下，轻重亦如常橘。剖开，每橘有二老叟，鬓眉皤然，肌体红润，皆相对象戏，身长尺余，谈笑自若。剖开后亦不惊怖，但相与决赌。……一叟曰:‘王先生许来，竟待不得，橘中之乐，不减商山，但不得深根固蒂，为愚人摘下耳。’……四叟共乘之（龙），足下泄泄云起。须臾，风雨晦冥，不知所在。”③ 衣冠裹沐猴：即沐猴而冠。比喻虚有其表。典出《史记·项羽本纪》:

“项羽引兵西屠咸阳，杀秦降王子婴，烧秦宫室，火三月不灭；收其货宝妇女而东。人或说项王曰：‘关中阻山河四塞，地肥饶，可都以霸。’项王见秦宫室皆以烧残破，又心怀思欲东归，曰：‘富贵不归故乡，如衣绣夜行，谁知之者！’说者曰：‘人言楚人沐猴而冠耳，果然。’项王闻之，烹说者。”

冬晴

岁暮常年雪正豪，今年暄暖减绨袍[①]。
春回山圃梅争发，睡足茅檐日已高。
仓庾家家储旧谷，笙歌店店卖新醪。
太平气象方如许，寄语残胡早遁逃。

① 绨（tí）袍：厚缯制的袍子。

幽事

老大常愁节物催，东皇又挽斗杓回。
江天惨惨不成雪，山驿萧萧初见梅。
隐士寄云从地肺[①]，游僧问路上天台[②]。
戏书幽事无时阙，古锦诗囊暮暮开。

① 地肺：即地肺山。② 天台：天台山。山上有“江南十刹”之一的国清寺。

初春幽居〔一〕

满榼芳醪①手自携，陂湖南北埭东西。
茂林处处见松鼠，幽圃时时闻竹鸡。
零落断云斜障日，霏微过雨未成泥。
老民不预人间事，但喜春畴②渐可犁。

〔一〕开禧三年丁卯，八十三岁。

① 芳醪：美酒。② 春畴：春耕。

小筑园林浅凿池，身闲随事得游嬉。
幽花折得露犹湿，嘉木移来根不知。
小蝶弄晴①飞不去，珍禽喜静语多时。
风光未忍轻抛掷，聊付诗囊与酒卮。

① 弄晴：展现晴天。

春游

梅市移舟过古城，此行亦未阙逢迎。
负薪野老无妻子，施药山人隐姓名。
风雨偏宜宿茅店，盐醯①不遣到藜羹。
宣和版籍今谁在，似是天教乐太平。

① 盐醯（xī）：盐和醋。

春感

老厌纷纷①懒入城，长亭小市近清明。
陇头下漏初芸草，陌上吹箫正卖饧②。
多病更知生是赘，九原那憾死无名。
但余一事犹关念，万里唐安阙寄声〔一〕。

〔一〕自注：张季长久不通书，或传其卧病，甚耿耿也。

① 纷纷：烦忙；忙乱。② 饧（táng）：同“糖”，食用的甜味食品。

幽居

策府还家又五年①，心常无事气常全。
平生本不营三窟②，此日何须直一钱。
雨霁桑麻皆沃若③，地偏鸡犬亦翛然。
闭门便造桃源境，不必秦人始是仙。

①“策府”句：指陆游自宋宁宗嘉泰三年（1203）自秘书监奉祠还乡至开禧三年（1207）。策府，指南宋朝廷的馆阁。秘书省别称。② 三窟：狡兔三窟。指趋利避害的策略。典出《战国策·齐策·冯谖客孟尝君》。③ 沃若：润泽的样子。《诗经·氓》：“桑之未落，其叶沃若。”

横草无功负主恩①，一生强半卧衡门②。
蠹书身世元无憾，伏枥光阴不更论。
春雨负薪兰渚市，秋风采药石帆村。

更思旋粜场中麦，暖热尘埃老瓦盆。

①“横草”句：比喻功劳很小。横草，行军中把草踩倒。②衡门：横木为门，指简陋的居所。

五月二十一日风雨大作

风雨纵横夜彻明，须臾更觉势如倾。

出门已绝近村路，对面不闻高语声。

衔舳①江关多蜀估②，宿师淮浦饱吴粳。

老民愿忍须臾死，传檄方闻下百城〔一〕。

〔一〕自注：蜀盗已平，淮壖胡贼亦遁去。

①衔舳：指船只多，前后相衔。舳，船尾持舵处。②蜀估：四川的商人。估，通“贾”，商人。

即事

归卧已如狐首丘①，不妨解剑换吴牛②。

扫空身外闲荣辱，阅尽樽前旧辈流。

学道漫希僧坐夏，忧时常愧士防秋。

一年历日开强半，叹息人间岁月遒。

①狐首丘：狐死首丘。狐狸死后，头朝向狐穴所在的山丘。指心怀故乡。②吴牛：江淮间水牛。

晚兴

地荒蓬藋与人齐，局促何曾厌屋低。
村市船归闻犬吠，寺楼钟暝①送鸦栖。
山童新斫朱藤杖，伧婢能腌白苣齑。
政欲出门寻酒伴，霏霏小雨又成泥。

① 钟暝：傍晚的钟声。

闻蜀盗已平①，献馘庙社，喜而有述

北伐西征尽圣谟②，天声万里慰来苏③。
横戈已见吞封豕④，徒手何难取短狐⑤。
学士谁陈平蔡雅⑥，将军方上取燕图⑦。
老生自悯归耕久，无地能捐六尺躯。

① 闻蜀盗已平：指开禧三年（1207），南宋将领吴曦叛变，后吴曦被诛。② 圣谟（mó）：帝王谋略。谟，谋略、计策。③ 来苏：“后来其苏”的省略。指百姓盼望有圣君明主，以解脱困苦。④ 封豕：大猪，比喻贪暴的首恶者。⑤ 短狐：蜮（yù），能含沙射人，射中者头痛发烧，重者致死。⑥“学士”句：唐宪宗元和中，吴元济据蔡州叛变，李朔雪夜入蔡州擒吴元济。柳宗元据此作《平淮夷雅》，即“平蔡雅”。⑦“将军”句：指李好义收复西和州，欲乘胜攻击金兵，未果。燕，被金占领的燕云十六州。

霜风

霜风近海夜飕飕，敢效庸人念褐裘[1]。
关吏虽通西域贡，王师犹护北平秋。
黄旗驰奏有三捷，金印酬功多列侯。
愿补颜行[2]身已老，区区畎亩亦私忧。

①褐裘：百姓穿的粗衣袍。②颜行：前线作战。颜，前面、前列，通“雁”，颜行即雁行。《管子·轻重甲》:“士争前战为颜行。”

闲游所至少留得长句

画桡艇子短驴鞦[1]，野店山邮[2]每小留。
瓜蔓水生初抹岸，梅黄雨细欲遮楼。
辽东邂逅从归鹤，海上逢迎得狎鸥。
岂是人间偏好异，暮年难复作沉浮。

①驴鞦：络在驴股后尾间的绊带。②山邮：山中驿站。

垣屋[1]参差桑竹繁，意行漫漫不知村。
眼明可数远山叠。足健直穷流水源。
鹭引钓船经荻浦，牛随牧笛入柴门。
试寻高处休行李[2]，清绝应须入梦魂。

①垣屋：有院墙的房舍。②行李：行旅。

太平人物自谐嬉，及我青鞋布袜时。
丁壮趁晴收早粟，比邻结伴络新丝。
圆鼙坎坎迎神社，大字翩翩卖酒旗。
晤语岂无黄叔度[1]，欲寻幽径过[2]牛医。

①黄叔度：黄宪，字叔度，东汉贤士。黄宪出身低微，父亲为牛医，但以学问和德行见重于世。②过：拜访，探望。

已过樵坞到渔村，逢著人家即叩门。
僧釜藜羹加糁美，市炉黍酒带醅浑。
颓龄更愧才能薄，故里[1]方知辈行尊。
身迫九原儿亦老，一经犹欲教诸孙。

①故里：旧时的所居处，此当指家乡人民。

高僧宴坐[1]雪蒙头，闲牧从来水牯牛[2]。
深院阴阴四檐雨，高堂寂寂一帘秋。
光明本自无余欠，梦幻何曾有去留？
我亦翛然五湖客，不妨相与试茶瓯。

①宴坐：佛教修行者静坐。②“闲牧”句：指得道之人，能无分别心，超越物我。水牯牛，公水牛。佛典中常以牛为喻。

晓思

昏昏断梦[1]带余酲，散发披衣坐待明。
城角吹残河渐隐，海氛消尽日初生。

老农自得当年乐，痴子方争后世名。
莫怪闭门常懒出，即今车盖为谁倾[2]？

①断梦：中断的梦。②"即今"句：如今有谁可以一见如故，倾盖交谈。

秋感

瘦尽腰围白尽头，悲蛩声里落梧楸。
短檠且慰经年别，裋褐[1]犹怀卒岁忧。
天地无私嗟独困，风霜有信又残秋。
顽躯安得常强健，更倚东吴寺寺楼。

①裋（shù）褐：短而狭的粗布衣服。裋，粗布衣服。

绍兴辛未至丙子六年间，予年方壮，每遇重九，多与一时名士登高于蕺山宇泰阁。距开禧丁卯六十年，忧患契阔何所不有？追数同游诸公，乃无一人在者，而予犹强健，惨怆不能已，赋诗识之

故里登高接隽游[1]，即今不计几番秋。
一樽尚与菊花醉，万事不禁江水流。
薄命虽多死闾巷[2]，逢时亦有至公侯。
若论耄岁朱颜在，穷达皆当输一筹。

①隽游：指良友。②闾巷：乡村民间。

哭季长

岷山剡曲各天涯[①]，死籍前时偶脱遗[②]。
三径就荒俱已老，一樽相属永无期。
寝门哀恸今何及，泉壤从游后不疑。
邂逅子孙能记此，交情应似两翁时。

①“岷山剡曲”句：指张季长在四川岷山，陆游在浙江剡川，相距遥远。②“死籍”句：死籍上偶然遗漏了自己名字。死籍，旧时迷信说法阴司登录人死期的册籍。

我荷锄时君赐环[①]，君归我复造清班[②]。
无由促席暂握手，每得寄声聊解颜[③]。
造物不令成老伴，著书犹喜在名山〔一〕[④]。
半年仅得陈莼鲫[⑤]，白首临风涕自潸。

〔一〕自注：季长晚著书数百卷。

① 赐环：古代放逐之臣，遇赦召还。② 清班：古代文学侍从所在的官班。③ 解颜：开颜欢笑。④ 在名山：藏之名山。把著作收藏在名山里，传给志同道合的人。⑤ 莼鲫：指以莼、鲫祭奠逝者。

戊辰立春日〔一〕

昨夜风摇斗柄回[①]，典衣也复一传杯[②]。
故人久作天涯别，新句空从枕上来。
清镜岂堪看鬓色，小园剩欲觅桃栽。
颓然却憾贪春睡，不尽城头画角哀。

〔一〕嘉定元年，八十四岁。

①斗柄回：即斗柄回寅。指农历立春节气。②典衣：典衣沽酒，指饮酒。

卧听城门出土牛[1]，罗幡[2]应笑雪蒙头。

但须晨起一卮酒，聊洗人间千种愁。

处处楼台多侠客，家家船舫待春游。

梅花未遍枝南北，定为余寒得小留。

①出土牛：古代习俗用泥土抟作牛形，在立春前一日迎春。《礼记·月令》："出土牛以送寒气。"②罗幡：即春幡、春旗。立春日挂春幡，或戴在头上作装饰品。

石帆山下作

石帆山下古苔矶，回首人间万事非。

能饮上池[1]何患死？不营尺宅欲安归。

寒龟瑟缩搘床老，倦鹤翩跹带箭飞。

堪笑年来殊省事，就凭樵女绽春衣。

①上池：上池之水，指未沾及地面的水，如露水或竹木上的水。

书叹

髫髦[1]承学绍兴前，历看人间七十年。

扑满[2]终归弃道侧，鸱夷犹得载车边。

钓船夜泛吴江月，醉眼秋看楚泽天。

造物未容书鬼录，残春又藉落花眠。

① 髧髦（dàn máo）：古代小儿发式，代指小儿。② 扑满：古代人储钱的盛具，即储钱罐。

恩封渭南伯。唐诗人赵嘏为渭南尉，当时谓之赵渭南，后来将以予为陆渭南乎？戏作长句

老向人间作倦游，君恩乞与谓川秋。

虚名定作陈惊坐[1]，好句真惭赵倚楼[2]。

栈豆[3]十年沾病马，烟波万里著浮鸥。

就封他日轻裘去，应过三峰处处留。

① 陈惊坐：形容某人享有盛名，受人仰慕；或用来形容某人徒具盛名。《汉书·陈遵传》:“时列侯有与陈遵同姓字者，每至人门，曰‘陈孟公’，坐中莫不震动，既至而非，因号其人曰‘陈惊坐’云。” ② 赵倚楼：赵嘏（gǔ）。赵嘏《长安晚秋》:“残星几点雁横塞，长笛一声人倚楼”，杜牧誉嘏“赵倚楼”。③ 栈豆：马槽中的豆料。

题苏虞叟岩壑隐居

苏子飘然古胜流[1]，平生高兴在沧洲。

千岩万壑旧卜筑，一马二僮时出游。

香断钟残僧阁晚，鲸吞鼍作海山秋。
极知处处多奇语[2]，肯草吴笺寄我不？

① 胜流：名流。② 奇语：惊人之语。

初夏杂兴〔一〕

老子今朝不用扶，雨凉百病一时苏。
扇题杜牧故园赋，屏对王维初雪图。
把钓溪头蹋湍濑，煎茶林下置风炉。
个中莫谓无同赏，逋客[1]能从折简[2]呼。

〔一〕六首录一。

① 逋客：指避世之人，隐士。② 折简：写信。

浴罢闲步门外而归

两扇荆扉数掩篱，幽人浴罢得娱嬉。
南临大泽风来远，东限连山月出迟。
沙上无泥藤屦[1]健，水边弄影葛巾攲。
径归却就东窗卧，要及蝉声未歇时。

① 藤屦（jù）：以麻、葛等制成的单底鞋。

夏夜纳凉

河汉微茫月渐低，风声正在草堂西。
莎根唧唧虫相吊[1]，木末[2]翻翻鹊未栖。
屯甲近闻如积水〔一〕，守关不假用丸泥。
孤臣报国嗟无地，只有东皋更饱犁。

〔一〕自注：闻淮壖近募雄淮军数万。

① 相吊：相互陪伴、相互慰藉。② 木末：指树梢。

初秋骤凉

我比严光胜一筹，不教俗眼识羊裘[1]。
沧波万顷江湖晚，渔唱一声天地秋。
饮酒何尝能作病，登楼是处可消忧。
名山海内知何限，准拟从今更烂游[2]。

① 羊裘：严光披羊裘钓泽中。指羊裘渔钓的隐士生活。② 烂游：纵情游览。

新凉

家住山阴剡曲傍，一番风雨送新凉。
亦知病得新秋健，无奈愁随独夜长。
日落川原横惨淡，月明洲渚远苍茫。

老民无复忧时意，齿豁头童只自伤。

寓叹

白首还乡厌蕨薇[1]，伥伥自叹欲畴依[2]。
门庭不扫稀迎客，砧杵无声未赎衣。
达士共知生是赘，古人尝谓死为归。
耕畴幸可期中熟，又报残蝗接翅飞。

① 蕨薇：蕨与薇都是野菜，此处泛指野菜。② 畴依：谁依，依靠谁。畴，即谁。

忆昔建炎南渡时[1]，兵间脱死命如丝。
奉亲百口一身在，许国寸心孤剑知。
坐有客瘖堪共醉，身今病忘莫求医。
出门但畏从人事，临水登山却未衰。

①“忆昔”句：指两宋之际，康王赵构为了躲避金朝军队的南下追击而逃至江南的历史事件。靖康二年（1127），赵构即位为宋高宗，改元建炎，南宋建立。

舟中醉题

风吹芦荻声飕飕，晚潮入港浮孤舟。
老民已扫市朝迹，造物全付江湖秋。

项里[①]庙前是鱼市，禹会桥边多酒楼。
醉来且复歌此日，莫为砧杵悲无裘。

① 项里：地名，在浙江绍兴。秦灭楚，传项羽随叔父项梁逃难到会稽。

鲍郎山[①]前烟雨昏，疏灯小市愁偏门。
上船初发十字港，鼓棹忽过三家村。
孤鸾对镜空自感，老龟搘床何足论？
但愿诸公各戮力，上助明主忧元元[一][②]。
〔一〕自注：偏门、十字港、三家村，皆地名。

① 鲍郎山：宋代绍兴“越州八山”之一。② 元元：平民，老百姓。

感旧

莫笑山翁老欲僵，壮年曾及事高皇。
雕戈北出戍穷塞，华表东归悲故乡。
万事固难轻忖度，百年犹有未更尝[①]。
纷纷谤誉[②]何劳问？但觉邯郸一梦[③]长[一]。
〔一〕自注：《齐民要术》曰：“智如禹汤，不如更尝。”

①“百年”句：虽亲身经历丰富，也有未知处。更尝，实际体验。② 谤誉：毁谤和称赞。谤，毁谤、指责。誉，称赞、表扬。③ 邯郸一梦：邯郸梦，指一场空想。

东园

车马无声客到稀，荷锄终日在园扉。
断残地脉疏泉[1]过，穿透天心得句归。
对镜每悲鸾独舞，绕枝谁见鹊南飞[2]。
悠然自遣君无怪，文史如山暂解围。

①疏泉：指浅水泉。②“绕枝”句：以禽鸟归巢，感慨人生漂泊无依。化用曹操《短歌行》:“月明星稀，乌鹊南飞，绕树三匝，何枝可依?”

秋夜

局促人间每鲜欢，秋来病骨愈酸寒。
夹衣尚典雁声过，断简未收鸡唱残。
退士[1]鬓毛纷似雪，老臣心事炳如丹。
灯前握臂[2]无交旧，聊唤清尊[3]少自宽。

①退士：隐退的人。②握臂：互相握持手臂，指亲切会晤。③清尊：美酒。尊，通“樽”，指酒器。

故里

漏尽钟鸣有夜行，几人故里得归耕。
摧伤自喜消前业[1]，疾恙天教学养生。

邻曲新传秧马式，房栊静听纬车声。

芋魁菰首君无笑，老子看来是大烹[2]。

① 前业：佛教语，指已发生的一切行为、言语、思想的业。② 大烹：丰盛的美味菜肴。

访村老

强健如翁举世稀，夜深容我叩门扉。

大儿叱犊戴星[1]出，稚子捕鱼乘月归。

骨肉团栾无远别，比邻假贷[2]不相违。

人间可羡惟农亩[3]，又见秋灯照捣衣。

① 戴星：即披星，指顶着星星早出。② 假贷：借贷。③ 农亩：农田。这里指农村生活。

书感

衰颜非复昔年朱，几过黄公旧酒垆。

成败只堪三太息[1]，是非终付一胡卢[2]。

连天烟草迷归梦，动地风波历畏途。

辛苦一生成底事？躬耕犹得补东隅[3]。

① 三太息：频频叹气。三，虚数，指多次。② 一胡卢：一声笑。胡卢，笑、笑声。③ 补东隅：指于世有所匡助。

书剑

书剑[①]当年遍两川，归来垂钓镜湖边。
老皆有死岂独我？士固多贫宁怨天。
物外胜游携鹤去，琴中绝谱就僧传。
莫言白首诗才尽，读罢犹能意爽然[②]。

① 书剑：携书带剑，指古代文人的标配。一指仕宦生涯。② 爽然：释怀舒畅的样子。

暮春龟堂即事〔一〕

风日初和昼漏长，萧然巾屦集茅堂。
雨余千叠暮山绿，花落一溪春水香。
断简椟中尘委积[①]，故人墓上草荒凉。
尔来幸有宽怀[②]处，病退床头减药囊。

〔一〕四首录一。　　○嘉定二年己巳，八十五岁。

① 委积：积累，堆积。② 宽怀：宽心，解除心中的郁闷。

书意

养得山林气粗全，此怀无处不超然。
日长琴奕[①]茅檐下，岁晚江湖箬帽[②]前。

天上本令星主酒，俗间妄谓世无仙。
今年茶比常年早，笑试西峰一掬[③]泉〔一〕。

〔一〕自注：今年清明前数日，山中已有新茶。

① 奕：同“弈”，下棋。② 箬（ruò）帽：箬竹篾和叶编织的帽子。③ 掬（jū）：用手捧。

即事

万里山河拱至尊，羽林铁骑若云屯。
群公先正不复作，故国世臣谁尚存？
河洛可令终左衽[①]，刍荛何自达修门。
王师一日临榆塞[②]，小丑黄头[③]岂足吞？

① 左衽：衣服前襟向左开。衽，指衣襟。代指北方少数民族。② 榆塞：古塞名，本指榆林塞，后泛指边关、边塞。③ 小丑黄头：指金的兵士。

渔扉

蜻蜓浦上一渔扉[①]，回首人间万事非。
卖药山城携鹤去，看碑野寺策驴[②]归。
偶因束带悲腰减，常为梳头感发稀。
午睡定知无客搅，曲肱闲看雨霏霏〔一〕。

〔一〕自注：郊居遇雨作，则无客至。

① 渔扉：渔家。扉，门。② 策驴：骑驴。策，用鞭子驱赶。

江楼夜望

江楼百尺倚高寒，上尽危梯[1]宇宙宽。
秋近渐看河落角，天回更觉斗阑干。
茫茫浦口烟帆远，坎坎城头漏鼓残。
要[2]得故人同蹑屐[3]，一尊相属话悲欢。

① 危梯：高耸的楼梯。② 要，同“邀”，约请。③ 蹑屐（jī）：穿鞋。此指相伴同游。

夏夜泛溪至南庄，复回湖桑归

不求奇骨[1]可封侯，但喜枯肠不贮愁。
数点残灯沽酒市，一声柔橹采菱舟。
元知泽国偏宜夜，已就天公探借秋。
归过三更风露重，纱巾剩觉[2]发飕飗。

① 奇骨：不同于一般人的相貌。汉王充《论衡·讲瑞》:“以相奇言之，圣人有奇骨体，贤者亦有奇骨。”② 剩觉：更觉。剩，更、更加。

雨后殊有秋意

天地新秋入苦吟，诗书万古付孤斟。
爱君忧国孤臣泪，临水登山节士[1]心。
只叹鼻端无妙斫[2]，岂知弦外有遗音？
剡中胜践[3]今犹昔，安得高人支道林。

①节士：坚守气节的人。②妙斫（zhuó）：指技艺精深，手法熟练的刀斧功夫。《庄子·杂篇·徐无鬼》："郢人垩慢其鼻端，若蝇翼，使匠石斫之。匠石运斤成风，听而斫之，尽垩而鼻不伤，郢人立不失容。"③胜践：胜游，饱览。

晚兴

并檐幽鸟语璁珑[1]，一榻萧然四面风。
客散茶甘留舌本[2]，睡余书味在胸中。
浮云变态吾何与，腐骨成尘论自公。
剩欲与君谈此事，少须明月出溪东。

①璁（cōng）珑：象声词，清脆的叫声。②舌本：舌根。

郊行

凄风吹雨过江城，缓策羸骖[1]并水行。
古路初惊秋叶堕，荒郊已放候虫鸣。

壮心耿耿人谁识？往事悠悠憾未平。
斜日半竿羌笛怨，西陵寂寞又潮生。

① 羸骖（léi cān）：瘦弱之马。

圣门

圣门妙处不容思，千古茫茫欲语谁。
晞发[1]庭中新沐后，舞雩[2]沂上咏归时。
研求岂足窥微指[3]？博约何由遇硕师。
小疾扫空身尚健，蓬窗更作数年期。

① 晞发：晒干头发。② 舞雩：伴有乐舞的祭祀。③ 微指：精深微妙的旨意。

病少愈偶作

萧条白发卧蓬庐，虚读人间万卷书。
遇事始知闻道晚，抱疴[1]方悔养生疏。
高门赫赫何关我？薄俗纷纷莫问渠。
羸疾[2]少苏思一出，夕阳门巷驾柴车[3]。

① 抱疴（kē）：生病。疴，疾病。② 羸疾：指瘦弱的病体。③ 柴车：简陋粗劣的车子。

病入秋来不可当，便从此逝亦何伤。
百钱布被敛手足，三寸桐棺埋涧冈。
但憾著书终草草，不嫌徂岁去堂堂。
今朝生意[1]才丝发，便拟街头醉放狂。

① 生意：生机，富有活力的气象。

书生

书生事业苦难成，点检常忧害至诚。
梦寐未能除小忿[1]，文辞犹欲事虚名。
圣言甚远当深考，古义虽闻要力行。
汉世陋儒吾所斥，若为青紫[2]胜归耕。

① 小忿：怨恨。② 青紫：指官位显赫。班固《汉书·百官公卿表》:“相国、丞相皆秦官，金印紫绶。”

元遗山七律

一百六十二首

秋怀

凉叶萧萧散雨声，虚堂[①]淅淅掩霜清。

黄花自与西风约，白发先从远客生。

吟似候虫秋更苦，梦和寒鹊夜频惊。

何时石岭关头路，一望家山[②]眼暂明。

① 虚堂：空荡而清静的房屋。② 家山：故乡的山河，指家乡。

帝城二首[一]

帝城西下望孤云，半废晨昏愧此身。

世俗但知从仕乐，书生只合在家贫。

悠悠未了三千牍[①]，碌碌翻随十九人[②]。

预遣儿书报归日，安排鸡黍约比邻。

〔一〕自注：史院夜直作。　　○遗山以正大元年应词科，后即直史院，二年六月告归。

① 三千牍：指书多。② 十九人：指平碌无能之辈。

羁怀郁郁岁骎骎，拥褐南窗坐晚阴。

日月难淹京国久，云山惟觉玉华深。

邻村烂漫鸡黍局，野寺荒凉松竹林。
半夜商声[①]入寥廓，北风黄鹄起归心。

① 商声：凄凉的声调，古代音乐的五声调式之一，此处指秋声。

仆射陂醉归即事〔一〕[①]

多生曾得江湖乐，每见陂塘觉眼明。
诗酒共寻前日约，风阴新自夜来晴。
春波澹澹沙鸟没，野色荒荒烟树平。
醉踏扁舟浩歌起，不须红袖[②]出重城〔二〕。

〔一〕陂在郑州，后魏赐仆射李冲，因名。　〔二〕自注：是日招乐府不至。

① 仆射（yè）陂：今郑州仆射陂，北魏孝文帝奖励功臣尚书仆射李冲之地。② 红袖：女性的红色衣袖，代指美女。

春日

里社春盘巧欲争，裁红晕碧助春情。
忽惊此日仍为客，却想当年似隔生。
贫里齑盐怜节物[①]，乱来歌吹[②]失欢声。
南州剩有还乡伴，戎马何时道路清。

① 节物：应酬节日的物品。② 歌吹：歌声与乐器声。

横波亭〔一〕

孤亭突兀插飞流，气压元龙[①]百尺楼。
万里风涛接瀛海，千年豪杰壮山丘。
疏星淡月鱼龙夜，老木清霜鸿雁秋。
倚剑长歌一杯酒，浮云西北是神州。

〔一〕自注：为青口帅赋。　○青口帅即移剌粘合，初帅彭城。雷希颜在幕，杨叔能、元裕之皆游其门，时望甚重。金亡，降宋。

① 元龙：陈登（163—201），字元龙，东汉末年将领。

野菊座主闲闲公命作〔一〕

柴桑人[①]去已千年，细菊斑斑也自圆。
共爱鲜明照秋色，争教狼藉卧疏烟。
荒畦断陇新霜后，瘦蝶寒螿晚景前。
只恐春丛笑迟暮[②]，题诗端为发幽妍[③]。

〔一〕赵秉文也，字周臣，磁州滏阳人。

① 柴桑人：指晋陶渊明。② 迟暮：黄昏，亦指老年。③ 幽妍：高雅美丽。

度太白岭往昆阳

断崖绝壁裂苍顽[①]，竟日长林窈窕间。
旧许烟霞归白发，悔随尘土出青山。
饥蚕濈濈催人老，野鹤昂昂羡汝闲。
畏景[②]方隆路方永，南风回首暮云还。

① 苍顽：青色的顽石。② 畏景：夏日的太阳。

寄希颜二首〔一〕

僵卧嵩丘七见春，商余归计一廛[①]新。
悠悠华屋高赀[②]意，兀兀田夫野老身。
动色云山如有喜，忘机鸥鸟亦相亲。
粗疏潦倒今如此，楼上元龙莫笑人。

〔一〕雷渊，字希颜，浑源人。历官国史院编修、监察御史，终翰林院修撰。

① 一廛（chán）：一处居宅。廛，一家房屋和宅院。② 华屋高赀：钱财雄厚栋宇华丽。赀，同“资”。

湖海故人仍骑曹，彭门千里入凭高。
山头杜甫长年瘦[①]，楼上元龙先日豪。
水落鱼龙失归宿，天长鸿雁独哀劳。
酒船早晚东行办，共举一杯持两螯〔一〕。

〔一〕希颜时在徐州粘合幕。两首殆非同时作，故再用元龙事。

①“山头”句：化用唐李白《戏赠杜甫》“借问别来太瘦生，总为从前作诗苦”诗句。

怀益之兄

牢落关河雁一声，干戈满眼若为情。
三年浪走空皮骨，四海相望只弟兄。
黄耳定从秋后到，白头新自夜来生。
西楼日日西州道，欲赋穷愁竟不成。

昆阳二首

古木荒烟集暮鸦，高城落日隐悲笳。
并州倦客初投迹[①]，楚泽寒梅又过花。
满眼旌旗惊世路，闭门风雪羡山家。
忘忧只有清樽在，暂为红尘拂鬓华[②]。

①投迹：动身，前往。②鬓华：双鬓白发。

去日黄花[①]半未开，南来忽复见寒梅。
淹留岁月无余物，料理尘埃有此杯。
老马长途良惫[②]矣，白鸥春水亦悠哉。
商余说有沧洲趣，早晚乾坤入钓台。

① 黄花：菊花。② 良惫：极端疲乏。良，甚，很。

寄西溪相禅师

青镜流年易掷梭[1]，壮怀从此即蹉跎。
门堪罗雀仍未害，釜欲生鱼[2]当奈何。
万事自知因懒废，一官元不校贫多。
拂衣明日西溪去，且放云山入浩歌。

① 掷梭：指时光如穿梭，光阴飞度。② 釜欲生鱼：锅里有蠹鱼，形容生活贫困。

叶县[1]雨中〔一〕

春旱连延入麦秋，今朝一雨散千忧。
龙公有力回枯槁，客子何心叹滞留。
多稼即看连楚泽，归云应亦到崧丘[2]。
兵尘浩荡乾坤满，未厌明河拂地流。

〔一〕自注：时嵩前旱尤甚。按遗山侨居嵩山，故以家乡旱为忧。

① 叶县：今河南叶县。② 崧丘：嵩山，在河南登封北。崧，同“嵩”。

寄答赵宜之，兼简溪南诗老

窗影胧胧纳暝阴[1]，风声浩浩急霜砧。
秋鸿社燕飘零梦，颍水崧山[2]去住心。
黄菊有情留小饮，青灯无语伴微吟。
故人憔悴蓬茅晚，料得老怀如我今。

①暝阴：阴暗。暝，日落，天黑。②颍水崧山：颍河与嵩山。

颍亭

颍上风烟天地回，颍亭孤赏亦悠哉。
春风碧水双鸥静，落日青山万马来[1]。
胜概消沉几今昔，中年登览足悲哀。
远游拟续骚人赋[2]，所惜匆匆无酒杯。

①青山万马来：山势如万马奔腾而来。②"远游"句：《楚辞》中有《远游》篇，相传为屈原所作，开篇云："悲时俗之迫阨兮，愿轻举而远游。"

山中寒食

小雨斑斑浥曙烟[1]，平林簇簇点晴川[2]。
清明寒食连三月，颍水崧山又一年。
乐事渐随花共减，归心长与雁相先[3]。

平生最有登临兴，百感中来只慨然。

① 曙烟：拂晓时的雾霭。② 晴川：指太阳照射下的江水。③ 相先：彼此谦让。

楚汉战处[一]①

虎掷龙拏不两存②，当年曾此赌乾坤。
一时豪杰皆行阵③，万古山河自壁门④。
原野旧应厌膏血，风云长遣动心魂。
成名竖子⑤知谁谓，拟唤狂生⑥与细论。

〔一〕自注：同钦叔赋。

① 楚汉战处：指楚汉成皋之战、荥阳之战，地点在今河南荥阳一带。②“虎掷”句：指项羽、刘邦两军作战。③ 行（háng）阵：列队作战。④ 壁门：指山河关隘。⑤ 成名竖子：小子成英雄。竖子，小子、家伙，对人不屑的称呼。⑥ 狂生：指阮籍。

怀叔能

别却杨侯又一年，西风每至辄凄然。
酒官未得高安上，诗印空从吏部传。
三沐三薰①知有待，一鸣一息定谁先。
黄尘憔悴无人识，今在长安若个边。

① 三沐三薰：多次洗浴，多次薰香，指接待礼节隆重。

寄辛老子

草堂西望渺烟霞，梦寐西南一径斜。

为羡鸾凰安枳棘[1]，悔将猿鹤入京华[2]。

百钱卜肆成都市，万古诗坛子美家。

后日从翁问奇字，可能逋客侍侯芭。

①鸾凰安枳棘：鸾凰，传说中凤凰一类的鸟，此处指作者友人辛愿。枳棘，枳木与棘木，皆多刺的恶木。②猿鹤入京华：猿、鹤，栖息山林的物种。京华，繁华的都市。

后湾别业

薄云晴日烂烘春，高柳清风便可人。

一饱本无华屋念，百年今见老农身。

童童翠盖桑初合，滟滟苍波麦已匀。

便与溪塘作盟约，不应重遣濯缨尘。

刘丈仲通哀挽

拙宦深辜远业期，无儿更结下泉悲。

温纯如此岂复见，报施言之尤可疑。

四业名家今日尽，百年潜德[1]几人知。

元刘交分[2]平生重，才薄犹堪第二碑。

①潜德：不为人知的美德。②交分：交情。

李屏山挽章二首

世法拘人虱处裈[1]，忽惊龙跳九天门。
牧之宏放见文笔，白也风流余酒樽。
落落久知难合在，堂堂[2]原有不亡存。
中州豪杰今谁望，拟唤巫阳起醉魂。

①裈（kūn）：有裆的裤子。②堂堂：形容光明盛大。

谈麈[1]风流二十年，空门名理孔门禅。
诸儒久已同坚白[2]，博士真堪补太玄[3]。
孙况小疵良未害，庄周阴助恐当然。
遗编自有名山在，第一诸孤莫浪传。

①谈麈：客座清谈。麈，拂尘。②坚白：战国时名家学说论题。代表人物赵国公孙龙论“白马非马”“离坚白”。③太玄：西汉扬雄仿《易经》而作《太玄》。

内乡县斋书事

吏散公庭夜已分，寸心牢落百忧薰。
催科[1]无政堪书考，出粟何人与佐军[2]。

饥鼠绕床如欲语，惊乌啼月不堪闻。

扁舟未得沧浪去[3]，惭愧舂陵老使君〔一〕[4]。

〔一〕自注：远祖次山《舂陵行》云："思欲委符节，引竿自刺船。"故子美有"兴含沧浪清"之句。

① 催科：催促百姓纳税。科，税目。② 佐军：帮助支援军队。③"扁（piān）舟"句：指归隐。李白《宣州谢眺楼饯别校书叔云》："人生在世不称意，明朝散发弄扁舟。"④ 舂（chōng）陵老使君：指元结。元结曾作《舂陵行》，有"思欲委符节，引竿自刺船"句。

自菊潭丹水还寄崧前故人

腊雪春泥晚未干，马迎残照入荒寒。

初无凫舄[1]将安往，正有牛刀[2]恐亦难。

倦客不知归路远，孤城唯觉暮山攒。

黄金炼出相思句，寄与同声别后看。

① 凫舄（xì）：指会飞的鞋子，此借指仙术。凫，能飞的野鸭。舄，鞋。② 牛刀：指大材。

被檄夜赴邓州幕府

幕府文书鸟羽轻，敝裘羸马月三更。

未能免俗私自笑，岂不怀归[1]官有程。

十里陂塘春鸭闹，一川桑柘晚烟平。

此生只合田间老，谁遣春官[2]识姓名。

① 怀归：思归故里。② 春官：唐时称礼部为春官。

除夜

一灯明暗夜如何，寐梦衡门在涧阿。

物外烟霞玉华远，花时车马洛阳多。

折腰真有陶潜兴，扣角空传宁戚歌。

三十七年今日过，可怜出处两蹉跎。

刘光甫内乡新居

豸冠[1]平日凛秋霜，老去声名只闭藏。

父老渐来同保社[2]，儿童久已爱文章。

蔬随隙地皆成圃，竹放新梢欲过墙。

为向长安旧游道，世间元有北窗凉。

① 豸（zhì）冠：獬豸冠，借指官员。② 保社：古代依保而立的一种乡村组织。保，古代一种户籍编制单位，把若干户编成甲，若干甲编成一保。

十月

十月常年见早梅，今年二月未全开。
春寒春暖花如故，年去年来老渐催。
大药谁传轩后鼎[①]，刁仙虚筑汉宫台。
凭君拨置[②]人间事，不负浮生只此杯。

①轩后鼎：古代传说黄帝轩辕氏制造的鼎。②拨置：废置，搁置。

送吴子英之官东桥且为解嘲

柴车历鹿[①]送君东，万古书生蹭蹬中。
良酝暂留王绩醉[②]，新诗无补玉川穷[③]。
驹阴去我如决骤[④]，蚁垤与谁争长雄。
快筑糟丘便归老，世间马耳过春风。

①历鹿：象声词，车轮声。②王绩醉：唐王绩《醉乡记》载："阮嗣宗、陶渊明等数十人并游于醉乡，没身不返，死葬其壤。"③玉川穷：卢仝，自号玉川子，家贫，曾隐居嵩山少室山，不愿仕进。④决骤：迅速奔跑。

张主簿草堂赋大雨

淅树蛙鸣告雨期，忽惊银箭[①]四山飞。
长江大浪欲横溃，厚地高天如合围。

万里风云开伟观，百年毛发凛余威。
长虹一出林光动，寂历[2]村墟空落晖。

①银箭：比喻雨柱。②寂历：寂静，冷清。

独峰杨氏幽居

村墟潇洒带新晴，落日千山一片青。
世外衣冠存太朴[1]，云间鸡犬亦长生。
清江两岸多古木，平地数峰如画屏。
惆怅朝阳一茅屋，酒船茶灶负生平。

①太朴：原始质朴。

渡湍水

悠悠人事眼中新，悄悄孤怀百虑纷。
伎俩本宜闲处著，姓名谁遣世间闻。
秋江澹沱[1]如素练，沙浦空明行暮云。
蚤晚扁舟载烟雨，移家来就野鸥群。

①澹沱：水波荡漾的样子。

十日登丰山

十日登高发兴[1]新，丰山孤秀出尘氛。

村墟带晚鸦噪合，林壑得霜烟景分。

芳臭百年随变灭，短长千古只纷纭。

诗成一叹无人会，白水悠悠入暮云。

① 发兴：激发意兴。

岐阳三首〔一〕

突骑连营鸟不飞，北风浩浩发阴机。

三秦形胜无今古，千里传闻果是非。

偃蹇鲸鲵人海涸，分明蛇犬铁山围。

穷途老阮[1]无奇策，空望岐阳泪满衣[2]。

〔一〕正大八年正月，元兵围凤翔府。四月城破，两行省弃京兆。此诗盖咏其事。

① 穷途老阮：指阮籍恸哭而返事。阮籍出游时肆意行驶、至找不到路之事，见《晋书·阮籍传》。形容陷于困境，没有出路。
② 泪满衣：化用杜甫《蜀相》“长使英雄泪满襟”之句。

百二关河[1]草不横，十年戎马暗秦京[2]。

岐阳西望无来信，陇水东流闻哭声。

野蔓有情萦战骨，残阳何意照空城。

从谁细向苍苍问，争遣蚩尤[3]作五兵。

① 百二关河：指山河险要之地。② 秦京：陕西咸阳。③ 蚩尤：中国古代神话中的人物，凶猛好战。

眈眈九虎[1]护秦关，懦楚孱齐机上看。
禹贡土田推陆海，汉家封徼尽天山。
北风猎猎悲笳发，渭水萧萧战骨寒。
三十六峰[2]长剑在，倚天仙掌[3]惜空闲。

① 九虎：守关的将士。② 三十六峰：指嵩山三十六峰。③ 仙掌：指华山仙掌峰。

围城病中文举相过〔一〕

扰扰长衢日往回，病中聊得避喧埃。
愁多顿觉无诗思，计拙惟思近酒杯。
潘岳镜中浑白发，江淹门外即苍苔。
生涯若被旁人问，但说经年鼠不来。

〔一〕围城，天兴元年，元围汴京也。文举，白华也。

读靖康佥言

浚郊沙海浩茫茫，河广才堪一苇航[1]。
颠沛且当惩景德〔一〕，规模何必罪朱梁[2]。
沧溟不掩蛟龙窟，大地同归雀鼠乡。
三百年间几降虏，长星[3]无用出光芒。

〔一〕景德，宋真宗甲辰元年，指澶渊事。

①“河广”句：语出《诗经·河广》：“谁谓河广，一苇杭之。”河，黄河。②朱梁：指朱温。朱温早年追随黄巢，后降唐，废唐哀帝，建立后梁。③长星：彗星。

雨后丹凤门登眺〔一〕

绛阙遥天霁景开，金明[1]高树晚风回。
长虹下饮海欲竭，老雁叫群秋更哀。
劫火有时归变灭，神嵩[2]何计得飞来。
穷途自觉无多泪，莫傍残阳望吹台。

〔一〕南京北门曰丹凤门。

①金明：开封金明池。②神嵩：嵩山。

京居辛卯八月六日作

四壁秋虫夜语低，南窗孤客枕频移。
野情自与轩裳[1]隔，旅食难堪日月迟。
平子归田元有约[2]，魏舒幞被[3]恐无期。
一茎白发愁多少，惭愧家人赋扊扅[4]。

①轩裳：即轩冕。轩车和冕服，指达官贵人。②“平子”句：汉张衡，字平子，曾作《归田赋》。③幞（fú）被：用包袱裹装衣

被，意为整理行装。④ 扊扅（yǎn yí）：贫寒的妻子。

浩然师出围城赋鹤诗为送

梦寐西山饮鹤泉，羡君归兴[1]渺翩翩。
昂藏[2]自有林壑态，饮啄暂随尘土缘[3]。
辽海故家人几在，华亭清唳[4]世空怜。
明年也作江鸥去，水宿云飞共一天。

① 归兴：回乡的意兴。② 昂藏：指人仪表堂堂气宇轩昂的样子。③ 尘土缘：尘世的缘分。④ 清唳：鹤清越响亮地鸣叫。

追用座主闲闲公韵上致政冯内翰[1]二首〔一〕

峻坂[2]平生几疾驱，归休甫及引年初。
东门太傅多祖道，北阙诗人休上书。
皂枥[3]老归千里骥，白云闲钓五溪鱼。
非熊有兆[4]公无恙，会近君王六尺舆。

〔一〕冯璧，字叔献，真定人，天兴元年致仕。

① 冯内翰：冯璧，字叔献，真定（河北正定）人，天兴元年（1232）致仕。② 峻坂：陡峭的山坡。③ 皂枥：马槽。皂，通“槽”，此指养马。④ 非熊有兆：指帝王得贤臣的征兆。

草堂人物列仙臞，万壑松风酒一壶。

少日打门无俗客，老年争席有樵夫。

巨源[①]不入竹林选，元亮[②]偶成莲社图。

野史他年传耆旧，风流一一似公无。

① 巨源：山涛，字巨源，竹林七贤之一。嵇康曾作《与山巨源绝交书》。② 元亮：陶渊明，字元亮。

怀秋林别业〔一〕

茅屋萧萧浙水滨，岂知身属洛阳尘。

一家风雪何年尽，二顷田园入梦频。

高树有巢鸠笑拙，空墙无穴鼠嫌贫。

西南遥望肠堪断，自古虚名只误人。

〔一〕秋林，在内乡县，遗山别业在焉。

壬辰十二月车驾东狩后即事五首〔一〕

翠被匆匆见执鞭，戴盆[①]郁郁梦瞻天。

只知河朔归铜马，又说台城堕纸鸢。

血肉正应皇极数，衣冠不及广明年〔二〕。

何时真得携家去，万里秋风一钓船。

〔一〕哀宗天兴元年壬辰，元兵攻汴。经年食尽，哀宗出奔。先至河北，旋至归德。遗山时在围城中。此诗咏其事。 〔二〕唐僖宗广明元年，黄巢入潼关，帝出奔。

①戴盆：盆戴在头上，即覆盆，比喻冤屈难伸。

惨澹龙蛇日斗争，干戈直欲尽生灵。
高原水出山河改，战地风来草木腥。
精卫[1]有冤填瀚海，包胥[2]无泪哭秦庭。
并川豪杰知谁在，莫拟分军下井陉。

①精卫：神话中的鸟名。②包胥：即申包胥，春秋时楚大夫。

郁郁围城度两年，愁肠饥火日相煎。
焦头无客知移突[1]，曳足何人与共船[2]。
白骨又多兵死鬼，青山元有地行仙。
西南三月音书绝，落日孤云望眼穿[3]。

①“焦头”句：化用“曲突徙薪”之典，慨叹朝廷中缺乏有远见卓识和谋略的文臣。②“曳足”句：化用汉代大将马援常以病羸之躯曳足观察敌情之典，叹息朝廷中已没有勇敢的战将。③“西南”二句：指蒙古军进攻南京城，金哀宗走，城中盼不来救兵，望眼欲穿。

万里荆襄[1]入战尘，汴州[2]门外即荆榛。
蛟龙岂是池中物，虮虱空悲地上臣[3]。
乔木他年怀故国，野烟何处望行人。
秋风不用吹华发，沧海横流[4]到此身。

①荆襄：荆州和襄阳，今湖北一带。②汴州：金都城，今河南开封。③地上臣：指卑微之臣。④沧海横流：指政治混乱，社会动荡不安。

五云宫阙露盘[1]秋，银汉无声桂树稠。

复道渐看连上苑，戈船[2]仍拟下扬州。
曲中青冢传新怨，梦里华胥失旧游。
去去江南庾开府，凤凰楼畔莫回头。

①露盘：承露盘，汉武帝造金铜仙人承露铜盘，置于建章宫前。②戈船：指古战船。

永宁南原秋望〔一〕

浩浩西风入敝衣，茫茫野色动清悲[1]。
洗开尘涨雨才足，老尽物华秋不知。
烽火苦教乡信断，砧声偏与客心期。
百年人事登临地，落日飞鸿一线迟。

〔一〕永宁：即今河南府永宁县。天兴元年，遣帅守永宁元村寨，十一月为元兵所破。遗山此诗，盖在未设防戍以前。

①清悲：凄凉的悲伤。

癸巳四月二十九日出京〔一〕

塞外初捐宴赐金[1]，当时南牧[2]已骎骎。
只知灞上[3]真儿戏，谁谓神州遂陆沉。
华表鹤[4]来应有语，铜盘人去亦何心。
兴亡谁识天公意，留着青城阅古今〔二〕。

〔一〕金亡之后，遗山以金之故官，将拘管聊城，发自汴京也。　〔二〕青城，在大梁城东五里。金兵入汴，宋二帝、宗室、妃嫔诣青城，尽俘而北。元兵入汴，金二宫、妃嫔亦诣青城，尽俘而北。

①“塞外”句：指金向北方边境各部赐宴会用的金钱。②南牧：南下牧马，此指南下扩张战争。③灞上：指楚汉相争中，刘邦攻破咸阳，驻军灞上。项羽四十万人马驻扎鸿门。④华表鹤：指道人丁令威，化鹤归辽，立城门华表柱，见《搜神后记》。

喜李彦深过聊城

围城十月①鬼为邻，异县相逢白发新。

恨我不如南去雁，羡君独是北归人。

言诗匡鼎②功名薄，去国虞翻③骨相屯。

老眼天公只如此，穷途无用说悲辛。

①围城十月：指元好问离开汴京后，羁管聊城的一段时间。②匡鼎：指匡衡家贫好学，学识渊博。《汉书·匡衡传》载：“诸儒为之语曰：‘无说《诗》，匡鼎来；匡说《诗》，解人颐。’”③虞翻：汉末至三国吴国时官员，性情疏直，屡次因向孙权“犯颜谏诤”，被谪戍丹阳泾县。

与张杜饮

故人寥落晓天星，异县相逢觉眼明。

世事且休论向日，酒樽聊喜似承平。

山公倒载群儿笑[1]，焦遂[2]高谈四座惊。
轰醉春风一千日，愁城从此不能兵。

①“山公”句：据《世说新语·任诞》载，晋朝山简嗜酒，其镇守襄阳时经常喝得烂醉如泥倒在车上。② 焦遂：布衣，唐玄宗时人。

秋夕

小簟凉多睡思清，一窗风雨送秋声。
频年但觉貂裘敝，万古何曾马角生[1]。
寄食且依严尹[2]幕，附书谁往邓州城[3]。
浇愁欲问东家酒，恨杀寒鸡不肯鸣。

① 马角生：马生角，比喻不可能实现的愿望。② 严尹：指严实，字武叔，泰安长清（今山东济南）人，金元之际的汉军将领。③ 邓州城：今河南南阳。

梦归

憔悴南冠一楚囚[1]，归心江汉日东流。
青山历历乡国梦，黄叶萧萧风雨秋。
贫里有诗工作祟，乱来无泪可供愁。
残年兄弟相逢在，随分齑盐万事休。

①南冠一楚囚：楚国在南方，故称楚冠为南冠，南冠楚囚指俘虏。

徐威卿相过，留二十许日，将往高唐，同李辅之赠别二首

衣冠八座文章府[1]，襆被三年同舍郎。
荡荡青天非向日，萧萧春色是他乡。
伤时贾谊频流涕，卧病王章自激昂。
保社追随有成约，不应关塞永相望。

①文章府：文坛。

东南人物未凋零，和气春风四座倾。
但喜诗章多俊语[1]，岂知谈笑得新名。
二年阻绝干戈地[2]，百死相逢骨肉情。
别后相思重回首，杏花樽酒记聊城。

①俊语：绝妙好词。②“二年”句：指元好问自天兴二年（1233）被押解出京，拘禁于山东聊城二年。

即事[一]

逆竖[1]终当鲙缕[2]分，挥刀今得快三军[3]。
然脐易尽嗟何及，遗臭无穷古未闻。

京观岂当诬翟义④，衰衣自合从高勋。

秋风一掬孤臣泪，叫断苍梧日暮云〔二〕。

〔一〕甲午正月，金亡。秋七月，李伯渊诛崔立。此咏其事。〔二〕施注：张彦泽与高勋有隙，乘醉杀其叔及弟。后帝闻彦泽劫掠，怒而锁之，命勋监刑。彦泽前所杀士大夫子孙，皆绖杖哭随，以杖扑之。

① 逆竖：称叛逆者。② 鲙缕：鱼片，肉丝。③“挥刀”句：指李伯渊等诛杀崔立。崔立，金末大将，他以与蒙古军议和为名，搜刮金银，欲为傀儡皇帝，后为其将领李伯渊等所杀。④ 翟义：西汉名将，外戚王莽摄政，翟义起兵讨伐，兵败被杀。

秋夜

九死余生气息存，萧条门巷似荒村。

春雷谩说惊坯户①，皎日何曾入覆盆。

济水有情添别泪，吴云无梦寄归魂。

百年世事兼身事，樽酒何人与细论。

① 坯户：冬眠虫在洞口培土。

甲午除夜〔一〕

暗中人事忽推迁，坐守寒灰望复然。

已恨太官①余曲饼②，争教汉水入胶船③。

神功圣德三千牍，大定明昌五十年。
甲子两周今日尽，空将衰泪洒吴天。
〔一〕金亡以甲午正月。遗山是年在聊城度岁。

① 太官：宫中负责膳食之官。② 曲饼：酿酒的酒母。③ 胶船：用胶粘合的船，胶融化船就解体。

杏花落后分韵得归字

獭髓能医病颊肥，鸾胶无那片红飞。
残阳澹澹不肯下，流水溶溶何处归。
煮酒青林寒食过，明妆高烛赏心违。
写生正有徐熙[1]在，汉苑招魂果是非。

① 徐熙：五代南唐画家，善画花木草虫，曾画《石榴图》等。

送杜子[1]

洛阳尘土化缁衣，又见孤云著处飞。
北渚晓晴山入座，东原春好妓成围。
来鸿去燕三年别，深谷高陵万事非。
轰醉春风有成约，可能容易话东归。

① 杜子：即杜善夫，本名仁杰，字仲梁，元初散曲家。

眼中

眼中时事益纷然，拥被寒窗夜不眠。
骨肉他乡各异县，衣冠今日是何年。
枯槐聚蚁无多地，秋水鸣蛙自一天。
何处青山隔尘土，一庵吾欲送华颠。

有寄

飞鸿来处是营平，喜向斜封见姓名。
千里吕安思叔夜，五更残月伴长庚。
关河秋兴风景暮，长路渴心尘土生。
南渡诗人吾未老，几时同醉凤凰城。

镇州与文举、百一饮〔一〕

翁仲遗墟①草棘秋，苍龙双阙②记神州。
只知终老归唐土，忽漫相看是楚囚。
日月尽随天北转，古今谁见海西流。
眼中二老风流在，一醉从教万事休。

〔一〕白华，字文举，金枢密院判官。王鹗，字百一，金状元，官至右司员外郎，后仕元为翰林学士承旨。

① 翁仲遗墟：指秦咸阳一带。翁仲，阮翁仲，秦大力士，死后，秦始皇为其铸铜像，置立于咸阳宫门外。② 苍龙双阙：借指京城，汉长安城东有苍龙阙。

别王使君丈从之〔一〕

谢公①每见皆名语，白傅②相看只故情。
樽酒风流有今夕，玉堂人物记升平。
泰山北斗千年在，和气春风四座倾。
别后殷勤更谁接，只应偏忆老门生。

〔一〕王若虚，字从之，官翰林直学士。金亡，微服北归。

① 谢公：指谢灵运。②白傅：指白居易。

寄汴禅师〔一〕

白头岁月坐诗穷①，止有相逢一笑同。
斋粥空疏想君瘦，冠巾收敛定谁公。
梦魂历历山间路，世事悠悠耳外风。
见说悬泉好薇蕨，草堂知我是邻翁〔二〕。

〔一〕自注：师旧隐济源。　〔二〕时汰逐释老家甚急，故有“冠巾收敛”之句。

① 诗穷：即诗穷而后工。

卫州感事二首[一]

神龙失水困蜉蝣①，一舸仓皇入宋州②。

紫气已沉牛斗夜，白云空望帝乡秋。

劫前宝地三千界，梦里琼枝十二楼。

欲就长河问遗事，悠悠东注不还流。

〔一〕金哀宗自汴京突围，出走河北，令白撒攻袭新卫州，为史天泽所败，哀宗单舸走归德。遗山此诗，盖国亡后过卫州而凭吊也。

①蜉蝣：指微小的生命。②宋州：今河南商丘。

白塔亭亭古佛祠，往年曾此走京师。

不知江令①还家日，何似湘累②去国时。

离合兴亡遽如此，栖迟零落竟安之。

太行千里青如染，落日栏干有所思。

①江令：即江总，南朝陈尚书令。②湘累（léi）：指屈原，屈原投湘江而逝。累，指无罪而死。

怀州子城晚望少室

河外青山展卧屏，并州①孤客倚高城。

十年旧隐抛何处，一片伤心画不成。

谷口暮云知郑重，林梢残照故分明。

洛阳见说兵犹满，半夜悲歌意未平。

①并州：古九州之一，今河北保定和山西太原、大同一带。

别覃怀幕府诸君二首

王后卢前[1]旧往还，江东渭北[2]此追攀。
百年人物存公论，四海虚名只汗颜。
诗酒聊堪慰华发，衡茅终拟共青山。
相思后日并州梦，常住瑶林照映间。

①王后卢前：唐杨炯与王勃、卢照邻、骆宾王以文词齐名，人称“初唐四杰”，此指诗文齐名。②江东渭北：喻元好问与覃怀幕府诸君的友谊。唐杜甫《春日怀李白》：“渭北春天树，江东日暮云。何时一樽酒，重与细论文？”

太行醲秀[1]在山阳，嵇阮[2]经行旧有乡。
林影池烟设清供，物华天宝借余光。
承平故事嗟犹在，雅咏风流岂易忘。
稍待秋风入凉冷，百壶吾欲醉筹堂。

①醲（nóng）秀：醇厚秀丽。醲，酒味醇厚。②嵇阮：指嵇康和阮籍。

羊肠坂

浩荡云山直北看，凌兢[1]羸马不胜鞍。
老来行路先愁远，贫里辞家更觉难。
衣上风沙叹憔悴，梦中灯火忆团栾。
凭谁为报东州信，今在羊肠百八盘。

①凌兢：指颤抖、恐惧的样子。

太原

梦里乡关春复秋，眼明今得见并州。
古来全晋非无策，乱后清汾[1]空自流。
南渡衣冠几人在，西山薇蕨此生休。
十年弄笔文昌府，争信中朝有楚囚。

① 清汾：汾水，黄河第二大支流，流经山西。

外家南寺〔一〕

郁郁楸梧动晚烟，一庭风露觉秋偏。
眼中高岸移深谷，愁里残阳更乱蝉。
去国衣冠有今日，外家梨栗记当年。
白头来往人间遍，依旧僧窗借榻眠。

〔一〕自注：在至孝社，予儿时读书处也。

十二月十六日还冠氏，十八日夜雪

少日骞飞掣臂鹰，只今痴钝似秋蝇。
耽书业力贫犹在，涉世筋骸老不胜。
千里关河高骨马，四更风雪短檠灯。
一瓶一钵平生了，惭愧南窗打睡僧。

别康显之〔一〕

玉川[1]文字五千卷，郑监才名四十年。
谁谓华高吾岂敢，耻居王后子当然。
河亭笑语归陈迹，里社追随失后缘。
后夜并州月千里，南窗尊酒且留连。

〔一〕显之，高唐州人，有《淡轩文集》。

① 玉川：卢仝，范阳人。隐少室山，自号玉川子。

寄杨飞卿

客梦悠悠信转蓬，藜床殷殷动晨钟。
西风白发三千丈，故国青山一万重。
沙水有情留过雁，乾坤多事泣秋虫。
三间老屋知何处，惭愧云间[1]陆士龙[2]。

① 云间：今上海松江。② 陆士龙：即陆云（262—303），西晋大臣、文学家，陆机之弟。

雨夜

梦里孤篷雨打秋，茅斋元更小于舟。
无钱正坐诗作祟，识字重为时所雠。

千里漫思黄鹄举，六年真作贾胡[1]留。
并州北望山无数，一夜砧声人白头。

①贾胡：从事商业的胡人。

出东平

老马凌兢引席车[1]，高城回首一长嗟。
市声浩浩如欲沸，世路悠悠殊未涯。
潦倒本无明日计，往来空置六年家。
东园花柳西湖水，剩著新诗到处夸。

①席车：铺着席子的车。

再到新卫

蝗旱相仍岁已荒，伶俜十口值还乡。
空令姓字喧时辈，不救饥寒趋路傍。
行帐马嘶尘澒洞，空村人去雨淋浪[1]。
河平千里筋骸尽，更欲驱车上太行〔一〕。

〔一〕宣宗贞祐间，移卫州城于宜村，去黄河不数武，置河平军，屯重兵于此。正大九年，弃而不守，遂为元兵所据。

①淋浪：雨下个不停。

四哀诗

李钦叔[一]

赤县神州坐陆沉，金汤非粟祸侵寻。

当官避事平生耻，视死如归社稷心。

文采是人知子重，交朋无我与君深。

悲来不待山阳笛，一忆同衾泪满襟。

〔一〕李献能，字钦叔，为陕州行省属官。时赵伟为河解元帅，索粮于行省。省中无粮可给，伟密遣步卒八百，乘夜渡河，入陕州城，劫杀参政阿不罕奴十剌及李献能。

冀京父[一]

先公藻鉴识终童，曾拔昆山玉一峰。

不见连城沽白璧，蚤闻烈火燎黄琮。

重围急变纷纷口，九地忠魂耿耿胸。

欲吊南云无觅处，士林能不泣相逢。

〔一〕冀禹锡，字京父，哀宗至归德，授为左右司都事。蒲察官奴之乱，杀朝官三百馀人，军民死者三千，禹锡赴水死。

李长源[一]

冀都事死东州祸，李翰林亡陕府兵。

方为骚人笺楚些，更禁书客堕秦坑。

石苞本不容孙楚，黄祖安能贷祢衡。

同甲四人三横霣，此身虽在亦堪惊。

〔一〕李汾，字长源。客唐邓间，武仙署为行省讲议官，已而欲除之。汾遁泌阳，仙令总师王德追获之，绝食而死。

王仲泽〔一〕

太学声华弱冠驰，青云歧路九霄飞。

上前论事龙颜喜，幕下筹边犬吠稀。

壮志相如头碎柱①，赤心嵇绍血沾衣②。

从来圣牍褒忠义，谁为幽魂一发辉。

〔一〕王渥，字仲泽。思烈与武仙等军入援汴京，仙主持重，思烈急于入京。渥劝思烈与仙同进，思烈疑之，已而思烈果败，渥亦没于军。

①“壮志”句：写王仲泽的雄壮志向。《史记·廉颇蔺相如列传》载完璧归赵故事：秦王以十五城换赵和氏璧，蔺相如知秦王不肯，说：“大王必欲急臣，臣头今与璧俱碎于柱矣！”②“赤心”句：写嵇绍的赤诚忠心。《晋书·忠义传》：“惠帝北征，败于荡阴。百官及侍卫溃散，嵇绍以身卫主，兵交御辇，绍遂被杀，血溅御服。”嵇绍，字延祖，嵇康之子。

过诗人李长源故居

楚些招魂①自往年，明珠真见抵深渊。

巨鳌有饵虽堪钓，怒虎无情可重编。

千丈气豪天也妒，七言诗好世空传。

伤心鹦鹉洲边泪，却望西山一泫然。

①楚些招魂：句尾皆有“些”字，为楚人习用语气词，后用“楚些”泛指楚地的乐调或《楚辞》。

醉后

蚤岁披书手不停，中年所得是忘形。

天公不禁人间酒，崔瑗虚留座右铭[①]。

身后山丘几春草，醉来日月两秋萤。

柴门苦雨青苔满，一解狂歌且自听。

①“崔瑗（yuàn）”句：指汉崔瑗曾作《座右铭》以自警：“无道人之短，无说人之长。施人慎勿念，受施慎勿忘。……慎言节饮食，知足胜不详。行之苟有恒，久久自芬芳。”

灄亭同麻知几赋

零落栖迟[①]复此游，一樽聊得散羁愁。

天围平野莽无际，水绕孤城闲不流。

柳意渐回淮浦暖，雁声仍带塞门秋[②]。

登高望远令人起，欲买烟波无钓舟。

① 栖迟：游玩休憩。② 塞门秋：塞外的秋天。

应州宝宫寺大殿

缥缈层檐凤翼张，南山相望郁苍苍。

七重宝树围金界，十色雯华[①]拥画梁[一]。

竭国想从辽盛日，阅人真是鲁灵光[②]。

请看孔释谁消长，林庙而今草又荒。

〔一〕《古三坟书》：日云赤雯，月云素雯。

① 雯华：五色祥云。② 鲁灵光：指鲁灵光殿，西汉景帝之子鲁恭王刘余建，故址在今山东曲阜。西汉末年战乱，宫殿皆已毁坏，到东汉时期，唯有鲁灵光殿独存。东汉王延寿作《鲁灵光殿赋》。

感事

富贵何曾润髑髅，直须淅米向矛头[①]。

血雠此日逢三怨[②]，风鉴[③]生平备九流[④]。

瓢饮不甘颜巷乐，市钳[⑤]真有楚人忧。

世间安得如川酒，力士铛头醉死休〔一〕。

〔一〕遗山尝为耶律文正家作神道碑，凡二千余言。燕中人士谓遗山不应当笔，百谤百骂。作此诗盖解之也。

①“直须”句：矛头上淘米，比喻处境危险。典出《世说新语·排调》。② 三怨：指三种招人怨恨的事，即爵高、官大、禄厚。语出《列子·说符》。③ 风鉴：指谈相论命。④ 九流：分别为儒家、道家、墨家、法家、纵横家、阴阳家、名家、杂家、农家。⑤ 市钳：以铁链锁着置于街市。

华不注山[①]

元气遗形老更顽，孤峰直上玉孱颜。

龙头突出海波沸，鳌足断来天宇闲。

齐国伯图残照里[②]，谪仙诗兴冷云间[③]。

乾坤一剑无人识，夜夜光芒北斗殷。

① 华不注山：历史名山，在今山东济南。②“齐国”句：齐晋鞍之战，在华不注山地区，齐败晋胜，晋军追齐军“三周华不注”。伯图，即霸图。③“谪仙”句：李白《古风五十首》第二十首言其曾游华不注峰。此句说李白登上华不注峰不禁诗兴大发。

晨起[一]

灯火青荧语夜阑，柴荆寂寞掩春寒。

欢悰已向杯中减，老态何堪镜里看。

多病所须唯药物，一钱不直是儒冠。

掣鲸[①]莫倚平生手，只有东溪把钓竿[二][②]。

〔一〕自注：壬寅正月九日。 〔二〕自注：时欲经营神山别业，故云。

① 掣（chè）鲸：比喻才大气雄。② 把钓竿：垂钓，借指归隐。

感事

舐痔[①]归来位望尊，骎骎雷李入平吞[②]。

饥蛇不计撑肠裂，老虎争教有齿存。

神圣定须偿宿业，债家犹足褫[③]惊魂。

且看含血曾谁噀，猪觜关[④]头是鬼门。

①舐（shì）痔，比喻谄媚附势的卑劣行为。②平吞：全吞，一口吞灭。③褫（chǐ）：剥夺。④猪觜（zuǐ）关：熙宁间东平名士王景亮，追求名誉，以貌取人，后被人称“猪觜关”，后以此指任意诬蔑别人的人。

春寒

草木荒城屋数椽，春寒闾巷益萧然。
僮奴樵爨[1]头如葆[2]，稚女跳梁[3]履又穿。
白石鲤鱼空尺半，朱门食客自三千。
松枝麈尾山中满，去去南华[4]有内篇。

①樵爨（cuàn）：打柴作饭。②头如葆：头发乱如蓬草。③跳梁：蹿跳，跳跃。④南华：《南华经》，即《庄子》。《庄子》今存三十三篇，一般认为《内篇》七篇，为庄子自著。

即事〔一〕

逋客[1]而今不属官，住山盟在未应寒。
书生本自无燕颔[2]，造物何尝戏鼠肝[3]。
会最指天容我懒，鸱夷盛酒尽君欢。
到家慈母应相问，为说将军[4]礼数宽。

〔一〕自注：商帅国器，见免从军。

①逋（bū）客：漂泊流离之人。逋，逃亡。②燕颔：封侯

相。③ 鼠肝：即虫臂鼠肝，比喻微小轻贱的人或物。④ 将军：即完颜斜烈，名鼎，字国器，因镇商州，故称商帅国器。

出都〔一〕①

汉宫曾动伯鸾歌②，事去英雄可奈何。

但见觚棱上金爵③，岂知荆棘卧铜驼④。

神仙不到秋风客⑤，富贵空悲春梦婆⑥。

行过卢沟⑦重回首，凤城平日五云多⑧。

〔一〕元之中都，即今顺天府也。遗山于金亡后，曾至燕京四次。

① 出都：指离开中都燕京（今北京）。②“汉宫”句：东汉梁鸿过汉宫，作《五噫歌》:“陟彼北芒兮，噫！顾瞻帝京兮，噫！宫阙崔嵬兮，噫！民之劬（qú）劳兮，噫！辽辽未央兮，噫！”梁鸿，字伯鸾。③ 金爵：即铜凤凰，京都宫阙的标志。④ 荆棘卧铜驼：指天下大乱。⑤ 秋风客：指汉武帝刘彻。汉武帝作《秋风辞》，故称。⑥ 春梦婆：相传苏轼贬官昌化，遇一老妇，对苏轼说:“内翰昔日富贵，一场春梦。”里人因此称此妇为春梦婆。⑦ 卢沟：卢沟桥，在今北京丰台。⑧ 凤城：即禁城、皇宫。

历历兴亡败局棋，登临疑梦复疑非。

断霞落日天无尽，老树遗台秋更悲。

沧海忽惊龙穴露，广寒犹想凤笙①归。

从教尽铲琼华了，留在西山②尽泪垂〔一〕。

〇自注：万宁宫有琼华岛，绝顶广寒殿，近为黄冠辈所撤。

①凤笙：笙，簧管乐器。②西山：游览胜地，在北京西郊。

与同年敬鼎臣宿顺天天宁僧舍

萧萧风雨打僧窗，耿耿青灯对客床。
每恨相望隔关塞，岂知连日醉壶觞。
蓱齑[1]味薄堪长久，茅屋寒多且闭藏。
三十余年老兄弟，此回情话独难忘。

①齑（jī）：切碎的菜。

吕国材家醉饮

世事悠悠殊未涯，七年回首一长嗟。
虚传庾信凌云笔[1]，无复张骞犯斗槎[2]。
去国衣冠有今日[3]，春风桃李是谁家。
螺台剩有如川酒，暂为红尘拂鬓华。

①“虚传”句：杜甫《戏为六绝句》中称：“庾信文章老更成，凌云健笔意纵横。”②“无复”句：神话传说张骞乘坐木筏寻水源，竟到了牛郎、织女住的地方。③“去国”句：金哀宗天兴三年（1234）金亡，元好问自天兴二年（1233）被蒙古军拘管于聊城（今山东），三年后返回太原一带。

洛阳

千年河岳控喉襟①，一日神州见陆沉。

已为操琴感衰涕，更须同辇梦秋衾。

城头大匠论蒸土②，地底中郎待摸金③。

拟就天公问翻覆，蒿莱丹碧果何心。

① 喉襟：比喻要害之地。②“城头”句：据《晋书·赫连勃勃载记》载，赫连勃勃“以叱干阿利领将作大匠……乃蒸土筑城，锥入一寸，即杀作者而并筑之”。以此典比喻残暴统治。③“地底”句：据东汉陈琳《为袁绍檄豫州》载，曹操发掘前代王侯坟墓，掠取金宝，甚至还设置了发丘中郎将、摸金校尉等官职。后以此典比喻贪官暴政。

过三乡望女儿村，追怀溪南诗老辛敬之二首

云际虚瞻处士星，案头多负读书萤。

笔端有口传三箧①，石上无禾养伯龄②。

从昔葛陂终变灭，只今韩岳漫英灵。

因君重为前朝惜，枉破青衫买一经〔一〕。

〔一〕女几山，土人谓之韩岳。

① 三箧：此指很多箱书。②“石上”句：指不为世用，虽有济世情怀，却抱负落空。卢仝《扬州送伯龄过江》：“伯龄不厌山，山不养伯龄。松颠有樵堕，石上无禾生。”

万山青绕一川斜，好句真堪字字夸。

弃掷泥涂岂天意，折除[1]时命是才华。
百钱卜肆成都市，万古诗坛子美家[2]。
欲就溪南问遗事，不禁衰涕落烟霞。

① 折除：减损。② 子美家：杜甫，字子美，杜甫举家寓居成都，居住近四年，留下两百多首描写成都的诗歌。

寄英上人

世事都销酒半醺，已将度外置纷纭。
乍贤乍佞谁为我，同病同忧只有君。
白首共伤千里别，青山真得几时分。
相思后夜并州月，却为汤休赋碧云[1]。

①“却为”句：汤惠休有《怨诗行》。碧云，指诗僧的作品。

追录洛中旧作

乐府新声绿绮裘，梁州旧曲锦缠头[1]。
酒兵易压愁城破，花影长随日脚流。
万里青云休自负，一茎白发尽堪羞。
人间只怨天公了，未便天公得自由。

① 缠头：古代艺人把锦帛缠在头上作装饰。

十一月五日暂往西张〔一〕

城隈[①]细路入沙汀，絮帽冲风日再经。
歉岁村墟更荒恶，穷冬人影亦伶俜[②]。
林烟漠漠鸦边暗，山骨棱棱雪外青。
四十年来此寒苦，冻吟犹记陇关亭。

〔一〕兴定四年，以寿阳县西张寨改置晋州。

① 城隈（wēi）：城内偏僻角落处。隈，水流弯曲的地方。② 伶俜（líng pīng）：孤单，孤独。

石岭关书所见〔一〕

轧轧旃车转石槽，故关犹复戍弓刀。
连营突骑红尘暗，微服行人细路高。
已化虫沙[①]休自叹，厌逢豺虎欲安逃。
青云玉立三千丈，元只东山[②]意气豪。

〔一〕忻州秀容县有石岭关，金属河东北路。

① 虫沙：比喻战死的将士或因战乱而死的人民。② 东山：元好问所见高耸入云之东山。

晋溪

石磴云松著色屏，岸花汀草展江亭。
青瑶[①]叠甃[②]通悬瓮，白玉双龙掣迅霆。

地脉何尝间今昔，尾闾[3]真解泄沧溟。
乾坤一雨兵尘了，好就川妃问乞灵。

① 青瑶：青石。② 叠甃（zhòu）：山腰上的叠石景观。③ 尾闾：指江河的下游。

汴梁[1]除夜

六街歌鼓[2]待晨钟，四壁寒斋只病翁。
鬓雪得年应更白，灯花何喜也能红。
养生有论人空老，祖道无诗鬼亦穷。
数日西园看车马，一番桃李又春风。

① 汴梁：今河南开封。② 歌鼓：击鼓歌唱，指欢乐的节日活动。

与冯、吕饮秋香亭〔一〕

庞眉书客[1]感秋蓬[2]，更在京尘澒洞中。
莫对青山谈世事，且将远目送归鸿。
龙江文采今谁似〔二〕，凤翼[3]年光梦已空〔三〕。
剩著新诗记今夕，樽前四客一衰翁。

〔一〕自注：二子皆吾友之纯门生。　〔二〕谓之纯。　〔三〕凤翼，永宁地名。

① 庞眉书客：李贺自指。② 秋蓬，秋天随风飘飞的蓬草。③ 凤翼：凤翼山，在今河南洛阳，古永宁地名。

哀武子告

生气曾思作九原①，迷途争得背南辕②。

梁鸿故事要离墓③，卫国孤儿祇树园。

旧说布衣甘绝脰④，今传史笔记归元。

知君禄仕无心在，旌孝终当到李源〔一〕。

〔一〕自注：子今为僧。施注：《唐·李憕传》：子源痛父死难，无心禄仕，依憕旧墅。

① 作九原：九原可作，设想死者复生。② 背南辕：南辕北辙，比喻行动与愿望相反，不可能达到目的。③“梁鸿”句：据《后汉书·逸民列传·梁鸿传》载，梁鸿，字伯鸾，扶风平陵（今陕西咸阳）人。后受业太学，家贫而尚节介。与妻孟光隐居霸陵山中。以耕织为生业。及卒，葬于吴要离冢傍。咸曰：“要离烈士，而伯鸾清高，可令相近。”④ 绝脰（dòu）：断颈而死。

甲辰秋留别丹阳

疏疏衰柳映金沟①，祖道②都门复此留。

千里关河动归兴，九秋云物发诗愁。

严城钟鼓月清晓，老马风沙人白头。

后夜相思渺何许，西山西畔是并州。

① 金沟：宫中御沟。② 祖道：古代出行祭祀路神和设宴送行的礼仪，此指饯行。

龙兴寺阁

全赵[1]堂堂入望宽，九层飞观尽高寒。

空闻赤帜疑军垒，真见金人泣露槃[2]。

桑海几经尘劫坏，江山独恨酒肠干。

诗家总道登临好，试就遗台老树看。

①全赵：全赵，古时的赵国，在河北省境内，此指正定龙兴寺。②“真见”句：指代亡国之叹。汉亡后，魏明帝下令将长安宫承露盘的铜人移置洛阳殿前。唐李贺《金铜仙人辞汉歌序》:“魏明帝青龙元年八月，诏宫官牵车西取汉武帝捧露盘仙人，欲立置前殿。宫官既拆盘，仙人临载，乃潸然泪下。”

别纬文兄〔一〕

玉垒浮云变古今[1]，燕城名酒足浮沉。

眼中谁复承平旧，言外惊闻正始音[2]。

异县他乡千里梦，连枝同气百年心。

行期几日休相问，触拨羁愁恐不禁。

〔一〕张纬，字纬文。

①“玉垒”句：化用杜甫《登楼》“锦江春色来天地，玉垒浮云变古今”之句。玉垒，山名，在四川灌县。②正始音：借指政局混乱的时期。正始年间，是魏晋政权的递嬗时期，曹氏、司马氏政治斗争激烈。

哭樊师

自倚沉冤有舌存，争教无路叩天阍[①]。
装囊已竭千金赐，绝幕[②]谁招万里魂。
东道漫悲梁苑[③]客，南园多负寿张[④]孙。
春风花落歌声在，梦里能来共酒樽。

① 天阍：天帝的守门者，宫门。② 绝幕：穿越沙漠，指非常远的荒漠地区。③ 梁苑：又称梁园、兔园，在今河南商丘。汉梁孝王所建，当时名士司马相如、枚乘、邹阳皆为座上客。④ 寿张：东汉寿张县（今河南阳谷）。东汉樊宏为高官重臣，其父樊重追封为寿张侯。

寒食〔一〕

上苑[①]春风盛物华，天津[②]云锦赤城霞。
轻舟矮马追随远，翠幕青旗笑语哗。
化国楼台隔瀛海，吴儿洲渚记仙家。
山斋此日肠堪断，寂寞铜瓶对杏花。

〔一〕自注：壬子清明后作。

① 上苑：即上林苑，帝王和权贵游玩和畋猎的地方。② 天津：古代星官，银河渡口的意思。

送樊顺之

弓刀十驿岳莲洲，渭水秦山得意秋。
王粲[①]从军正年少，庾郎[②]入幕更风流。

寒乡况味真鸡肋[3]，清镜功名属虎头[4]。
寄谢溪风亭上月，老夫乘兴欲西游。

①王粲：字仲宣，山阳高平（今山东邹县）人，东汉末建安七子之一。年轻时有才名，能诗善赋，为“七子之冠冕”。②庾郎：庾信，南阳新野（今河南南阳）人。③鸡肋：比喻没有多少价值，但又舍不得扔掉的东西。④虎头：汉班超因平定西域，功绩卓著，其貌“燕颔虎头”，此指樊顺之。

过翠屏口

鬓须苍白葛衣宽，事外闲身也属官。
授简[1]如闻数枚叔[2]，乘车初不少冯欢[3]。
沙城雨塌名空在，石峡风来复亦寒。
两饱三饥已旬日，虚劳儿女劝加餐。

①授简：给予纸与笔。②枚叔：即枚乘，字叔，淮阴（今江苏淮安）人。③冯欢：即冯谖，战国时期齐国孟尝君的门客。

追录旧诗二首

短褐单衣长路尘，十年回首一吟呻。
孤居无着竟安往，宿债[1]未偿今更新。
相马自甘齐客瘦[2]，食鲑谁顾庾郎贫[3]。

闻君话我才名在，不道儒冠已误身[一]。

〔一〕自注：自用韵答之纯。

① 宿债：积欠未还的债务。②“相马”句：化用唐白居易《赢骏》“相马失于瘦，遂遗千里足”之句。③“食鲑”句：用《南齐书·庾杲之列传》所载庾杲清贫自业，食唯有韭菹（zū）等杂菜之典，指人生活清苦。

潦倒聊为陇亩①民，一犁分得雨声春。

功名何物堪人老，天地无心谁我贫。

颍上云烟随处好，洛阳桃李几番新。

悠悠世事休相问，牟麦②今年晚得辛[一]。

〔一〕自注：用崔怀祖韵。

① 陇亩：田亩，田地。陇，同“垄”。② 牟麦：即大麦。

送端甫西行

瀛洲人物早知名，车骑雍容一座倾。

美酒清歌良有味，绿波春草①若为情。

渭城朝雨②三年别，平地青云万里程。

老我秦游旧曾约，梦中仙掌已相迎。

① 绿波春草：化用江淹《别赋》“春草绿色，春水绿波，送君南浦，伤如之何?”之句。② 渭城朝雨：化用唐王维《送元二使安西》“渭城朝雨邑轻尘”之句。

读李状元朝宗禅林记

李守济州，城破，不屈节死。赠乡郡刺史〔一〕。

偶向禅林见旧文，济阳南望为沾巾。

张巡许远①古亦少，烈日秋霜今更新。

千字丰碑谁国手，百城降虏尽王臣。

知君不假科名重，元是中朝第一人。

〔一〕并序。施注：李演，字巨川，任城人。泰和六年进士第一，除应奉翰林文字。丁忧，居乡里。任城被兵，演墨缞为济州刺史画守御策。城破被执，不屈，死时年三十余。赠济州刺史，诏有司为立碑。

① 张巡许远：据唐韩愈《张中丞传后叙》载，张巡安史之乱时守睢阳城，与太守许远共同作战，在城内无粮、外无援兵的情况下，坚守数月不屈，睢阳失守，遭杀害。

同严公子大用东园赏梅〔一〕

东阁官梅要洗妆，青云公子不相忘。

翰林风月三千首①，乐府金钗十二行②。

佳节屡从愁里过，老夫聊发少年狂③。

花行更比梳行④好，谁道并州是故乡。

〔一〕严实之子，名忠嗣，袭万户，当即大用也。

①“翰林”句：语出宋欧阳修《赠王介甫》：“翰林风月三千首，吏部文章二百年。”翰林，指李白，曾被封翰林供奉。②“乐府”句：指歌姬众多。③“老夫”句：语出宋苏轼《江城子·密州

出猎》:“老夫聊发少年狂。左牵黄，右擎苍。锦帽貂裘，千骑卷平冈。”④梳行：一说为汴京街道名，一说为买卖梳子的牙行。

清明日改葬阿辛

掌上青红记点妆，今朝哀感重难忘。

金环去作谁家梦[1]，彩胜空期某氏郎。

一瞥风花才过眼，百年冰蘖[2]若为肠。

孟郊老作枯柴立，可待吟诗哭杏殇[3]。

①“金环”句：指思念亡儿阿辛。金环，代指后身。据《晋书·羊祜传》载，晋羊祜儿时因取邻人李氏亡儿的金环，被认为是李儿后身。②冰蘖（niè）：饮冰食蘖，比喻苦寒。③“孟郊”“可待”二句：唐孟郊连失三子，作诗《杏殇》，序曰:“杏殇，花乳也，霜剪而落。因悲昔婴，故作是诗。”

寄谢常君卿

百过新篇卷又披，得君重恨十年迟。

文除岭外初无例，诗学江西[1]又一奇。

杨柳不随春事老，贞松唯有岁寒知[2]。

仙乡白凤瀛洲近，洗眼[3]云霄看后期。

①诗学江西：作诗学江西诗派。江西，即江西诗派，宋代吕本中作《江西诗社宗派图》，以黄庭坚为首，下列陈师道等人学黄

庭坚诗法，“无一字无来处”，称为江西诗派。②“贞松”句：化用《论语·子罕》“岁寒，然后知松柏之后凋也”之句。③洗眼：拭目，指仔细看。

送武诚之往汉陂

行李中春发晋溪，离筵辞客赋新题。
青云有路人看老，秋水无言物自齐。
杜曲[①]旧游频入梦，兵厨[②]佳酿惜分携。
因君为向莲峰道，不待移文我亦西。

①杜曲：唐贵族杜氏世居之地。②兵厨：代指好酒或储存好酒的地方。

送刘子东游

刘郎世旧[①]出雄边，生长幽并气质全。
阵马风樯见豪举，雪车冰柱得真传。
书空咄咄知谁解[②]，击缶[③]呜呜颇自怜。
后日东州饱归载，且休多送酒家钱。

①世旧：彼此有两代以上交往的故旧。②“书空”句：据《世说新语·黜免》载：“殷中军（殷浩）被废，徙信安，终日恒书空作字，惟作‘咄咄怪事’四字而已。”书空，用手指虚画比方。③击缶：击缶而歌。敲击瓦缶唱歌。

十日作

关树萧条返照明，井陉西北算归程。
青黄大似沟中断，文字空传海内名。
平地烟霄遽如许，秋风茅屋可怜生。
重阳拟作登高赋，一片伤心画不成。

赠答普安师

入座台山景趣新，因君乡国重情亲。
金芝三秀诗坛瑞，宝树千花佛界春。
闻道旧传言外意①，忘言今得眼中人②。
种莲结社风流在，会向篮舆认后身。

① 言外意：言外之意，未明说而使人体会出来的意思。② 眼中人：指旧相识或想念的人。

孝纯宛丘迁奉〔一〕

鬓毛衰飒面尘埃，孝子牵车古所哀。
千里长河限南北，一丘寒土见蒿莱。
辽东华表何人在，柳氏元堂①此日开。
十月知君有新喜，小雏先与唤迎来〔二〕。

〔一〕张朴，字孝纯。　〔二〕自注：张弟新举第二。雏，闻其玉雪可念，因以字之。

① 元堂：玄堂，即墓室。

追怀赵介叔

今古人门各一时，燕南剩有桂林枝。
清风明月怀元度[①]，绿水红莲见杲之[②]。
善政传归遗爱颂，阴功留在称家儿。
哀歌不尽平生意，空想翛然瘦鹤姿。

① 元度：即玄度，避康熙玄烨讳，晋许询，字玄度。《世说新语·言语》："刘尹云：'清风明月，辄思玄度。'" ② 杲之：庾杲之，字景行，新野（今河南南阳）人，其入王俭幕府时誉甚隆。

追怀友生石裕卿

人物休评第几流，依然豪侠数并州。
壮怀歌阕[①]樽为破，连句才多笔不休。
金马只教聊避世，玉犀谁遣失封侯。
酒酣握手今无复，惆怅西园是旧游。

① 歌阕：歌咏终止。

挽雁门刘克明

诗骨[①]翛然野鹤孤，两年清坐[②]记围炉。

金初宋季闻遗事，草靡波流[③]见古儒。

已分幽人嗟古柏〔一〕[④]，争教儒子奠生刍[⑤]。

凤山后日先贤传，再有刘宗祭酒无。

〔一〕古柏，用陶潜《共游周家墓柏下》诗事。

① 诗骨：诗的风骨。② 清坐：安闲静坐。③ 草靡波流：草顺风倒伏，水随波逐流，喻乱世。④“已分”句：化用唐杜甫《古柏行》“孔明庙前有古柏，柯如青铜根如石。志士幽人莫怨嗟，古来材大难为用”之句。⑤ 奠生刍：即寄寓思友、思贤之心。生刍，即鲜草。

赠答平阳仇舜臣

两辱携诗过草堂，曹君师席有辉光。

飞腾自是功名具，潦倒何堪翰墨场。

沧海骊珠[①]能几见，酆城龙剑[②]不终藏。

太行残雪春风近，且趁梅花荐寿觞〔一〕。

〔一〕自注：仇乃曹益甫门生也。施注：曹益甫，号兑斋，居平阳三十余年，发明道学，指授后进。仇殆其门生之一也。

① 沧海骊珠：《庄子·列御寇》有“夫千金之珠，必在九重之渊，而骊龙颔下”之句。后指文章写得好，文字中肯，抓住了题之精粹。② 酆城龙剑：典出《拾遗记·昆仑山》。指杰出之士或宝物。也指宝物、人才待识者发现。

贾漕东城中隐堂

智水仁山①德有邻，柳塘花坞静无尘。

家僮解诵闲居赋②，田父争持社瓮春③。

安吉④总输中隐士，典刑⑤真见老成人。

明年恰入非熊运⑥，共看青蒲裹画轮⑦。

① 智水仁山：语出《论语·雍也》“智者乐水，仁者乐山”。指所居是仁智之士乐山乐水之地。② 闲居赋：指潘岳《闲居赋》，表现徜徉山水、闲居田园的乐趣。③ 社瓮春：春社所饮的酒。瓮，酒瓮。④ 安吉：平安吉祥。⑤ 典刑：典范，常规。⑥ 非熊运：升迁的好官运。指受赏识重用或渴求贤臣。⑦ 青蒲裹画轮：即安车蒲轮。指征召贤才，用青蒲草裹车轮使之安稳。后泛指被朝廷征召重用。

约严侯泛舟

风物当年小洞庭，西湖此日展江亭。

诗贪胜概题难遍，酒怯清秋醉易醒。

白鸟无心自来去，红蕖照影亦娉婷。

仙舟共载平生事，未分枯槎①是客星②。

① 枯槎：浮槎。古代传说中来往于海上和天河之间的木筏。② 客星：古代对天空中新出现的星的统称。

送曹干臣

和林音驿日怀思，燕市歌欢有此时。

老我真成铁炉步[1]，感君时送草堂赀[2]。

黄杨旧厄三年闰[3]，赤骥非无万里姿。

平地烟霄付公等，不妨闲和凤池诗。

①铁炉步：永州铁炉步。指光有空名。唐柳宗元有《永州铁炉步志》。②草堂赀：唐杜甫有《王录事许修草堂赀不到聊小诘》。赀，即财货。③“黄杨”句：宋苏轼在《监洞霄宫俞康直郎中所居四咏·退圃》自注中说：“俗说黄杨一岁长一寸，遇闰退三寸。”

国医王泽民诗卷

万石君家父事兄，岂知衰俗有王卿。

一篇华衮[1]中书笔，满纸清风月旦评[2]。

鸿雁自分先后序，鹡鸰兼有急难情[3]。

闺门雍睦[4]君须记，方伎[5]成名恐未平。

①华衮：古代华丽的官服，表示极高的荣宠。②月旦评：指对人物或作品的品评。③急难情：急人之难的情义。④雍睦：和睦。⑤方伎：古代总称医、卜、星、相之类的技术。

感寓

南杨北李闲中老，乐丈张兄病且贫。

叔夜吕安谁命驾[1]，牧童田父实为邻。

功名富贵知何物，风雨尘埃惜此身。
歌酒逢场暂陶写[2]，不应嫌我醉时真。

①“叔夜”句：据《世说新语·简傲》载，嵇康与吕安善每一相思，便千里命驾。②陶写：陶冶性情，排忧解闷。

存殁

行间杨赵提衡[1]早，老去辛刘入梦频。
案上酒杯聊自慰，袖中诗卷欲谁亲。
两都秋色皆乔木，一代名家不数人。
汲冢遗编[2]要完补，可能虚负百年身。

①提衡：简选官吏。②汲冢遗编：指汲冢所发掘出的史书。

人日有怀愚斋张兄纬文

书来聊得慰怀思，清镜平明见白髭。
明月高楼燕市酒，梅花人日草堂诗。
风光流转何多态，儿女青红又一时。
涧底孤松二千尺，殷勤留看岁寒枝。

送仲希兼简大方〔一〕

家亡国破此身留，留滞聊城又过秋。
老去天公真溃溃[1]，乱来人事转悠悠。
棋中败局从谁覆，镜里衰容只自羞。
方外故人如见问，为言乘兴欲东流[2]。

〔一〕以下《续编》。　○完希，字仲希，遗山为题其居曰元斋。

①溃溃：昏乱的样子。②欲东流：顺江东游。

送郭大方

云装烟驾渺翩翩，是处林泉有静缘。
存殁共惊初劫后，交游空记十年前。
忘言秋水聊挥麈，得意高山未绝弦。
明月太虚君自了，相思休泛剡溪船。

送李甫之官青州

亲朋离燕日相仍，又向扁舟别李膺。
晚节浮沉疑未害，中年哀乐自难胜。
樊笼不畜青田鹤，朔吹初翻白锦鹰。
郑重双鱼[1]问消息，故侯瓜圃在东陵[2]。

①双鱼：指书信。②“故侯”句：指隐退田园。

答吴天益

兵中曾共保嵩丘，忽漫相逢在此州。

鹅鸭何尝厌喧聒①，燕鸿无计得迟留。

白头亲旧常千里，黄叶关河又一秋。

三径他时望羊仲，却应松菊未销忧〔一〕②。

〔一〕自注：来诗有“三径松菊”之句。

① 喧聒（guō）：刺耳的喧闹声。②“三径”“却应”二句：据东汉赵岐《三辅决录·逃名》载，王莽专权，兖州刺史“蒋诩归乡里，荆棘塞门，舍中有三径，不出，唯求仲、羊仲从之游。”常指隐居之所。

答郭仲通二首〔一〕

白发归来一布衣，东皋春草映柴扉。

向时诸老供薰沐①，此日孤生足骂讥。

遁世已甘②成远引，刺天何暇计群飞③。

光芒消缩都无几，惭愧诗人比少微〔二〕④。

〔一〕《移居》诗云：“郭侯家多书，篇帙得遍窥。独有仲通父，天马不可羁。”即此人。　〔二〕自注：来诗有“少微星”之句。

① 薰沐：代指恩泽。② 甘：情愿，乐意。③ 群飞：群小，众人。④ 少微：少微星，喻指处士、隐士。

一樽何意复同倾，乱后真疑隔死生。

吐气无妨出芒角①，忍穷尤喜见工程②。

千年老桧盘根古，十丈寒潭照胆清。
凛凛风期[3]望吾子，不成随例只时名[4]。

①芒角：指人的锋芒或锐气。②工程：追求的功业。③风期：风度品格。④时名：当时的声名或声望。

送奉先从军

潦倒书生百战场，功名都属绣衣郎[1]。
虎头食肉[2]无不可，鼠目求官空自忙。
卷月清笳渭城晓，倚天长剑蜀山苍。
习池[3]老去风流减，醉后扬鞭愧葛强[4]。

①绣衣郎：贵家子弟，古代贵者穿彩绣的丝绸衣服，故名。②虎头食肉：用汉代班超“燕颔虎头，飞而食肉”的典故。③习池：指汉侍中习郁所造池。④葛强：晋征南将军山简燕饮的陪同部将，此指参加游宴的宾客。

寿赵益之

山东诸将拥云台，共许元戎有雅怀。
文字谁如祭征虏[1]，威名人识李临淮[2]。
农郊荆棘连新麦，儒馆丹青映古槐。
看取邦人祝君寿，五云多处是三台[3]。

①祭征虏：祭遵，为征虏将军，《后汉书·祭遵传》载："祭遵字弟孙，颍川颍阳人也。少好经书。"②李临淮：李光弼，战功显赫。③"五云"句：语出唐杜甫《送李八秘书赴杜相公幕》："南极一星朝北斗，五云多处是三台。"五云，五彩云，佳气。三台，古代官制，此指赵益之。

赠冯内翰二首〔一〕

内翰冯公，往在京师日，浑源雷渊希颜、太原王渥仲泽、河中李献能钦叔、龙山冀禹锡京父，皆从之问学。某夤缘亦得俎豆于门下士之末。然自辛卯壬辰以来，不三四年，而五人者唯不肖在耳。丙申夏六月，公自东平将展墓于镇阳，以某在冠氏枉驾见过〔二〕。时公方为髀股所苦，吟呻展转，若非老人之所能堪。然间语及旧事，则危坐终日，往往为之色扬而神跃，以公初挂冠归嵩山时较之，其谈笑风流，固未减也。窃意造物者锡公难老，使后生辈望见眉宇，以知百年文章巨公，敦庞耆艾之士，褒衣博带，坐镇雅俗者，盖如此。横流方靡，而砥柱不移。故国已非，而乔木犹在。幸公之可恃，而哀四子之不见也。作诗二章，以道区区之怀。于公之行，而为之献。

耆旧如公可得亲，争教晚节傍风尘①。

青毡②持去故家尽，白帽归来时事新。

扶路不妨驴失脚③，守关尤觉虎憎人。

只应有似松庵日，时醉中山曲米春④。

〔一〕并序。即冯璧，字叔献。　〔二〕冠氏县，宋、金属大名府。今日冠县，属东昌府。遗山自金亡，拘管聊城，旋即寓居冠氏。冯公盖真定人，寓居东平镇阳，即真定也。还家省墓，故过冠氏，一访遗山。丙申之夏，金亡已三年矣。

① 风尘：被风扬起的尘土，借指纷扰的生活。② 青毡：儒生的家传旧物，借指穷儒。③ 驴失脚：指天下太平。典出宋王偁《东都事略》:“(陈抟）尝乘白驴，预入汴，中途闻太祖（赵匡胤）登基，大笑坠驴，曰:‘天下于是定矣。’” ④ 曲米春：名酒。语出唐杜甫《拨闷》:“闻道云安曲米春，才倾一盏即醺人。”

龙门冠盖日追随，四客翩翩最受知。
桃李已随风雨尽，柏松独与雪霜宜。
元龟①华发渠有几，清庙朱弦②谁与期。
见说常山好归隐，从公未觉十年迟。

① 元龟：借指可资咨询参谋的人才。② 清庙朱弦：指感人至深的音乐。《礼记·乐记》:“《清庙》之瑟，朱弦而疏越，一唱而三叹，有遗音者矣。”

赠李文伯

凤凰在山①天下奇，泰和以来王李倪。
承平人物天未绝，耆旧风流今复谁。
青红②自是儿女事，老干③宁与春风期。
万壑松声一壶酒，从公未觉去年迟。

① 凤凰在山：《诗经·大雅·卷阿》有“凤皇鸣矣，于彼高冈，梧桐生矣，于彼朝阳”之句，此指贤才。② 青红：青色和红色，常用以代指颜料、胭脂粉黛等。③ 老干：老树，代指世事通

达之人。

赠玉峰魏丈邦彦

梦想南山掩霭间，眼明惊见玉峰寒。

风波旧忆横身过，世事今归袖手看。

贩妇佣儿[①]识名姓，故乡遗族[②]见衣冠。

临流[③]卜筑平生事，会就辽东管幼安[③]。

① 贩妇佣儿：女商贩与佣隶。② 遗族：名门望族后代。③ 临流：在水边。④ 管幼安：管宁，字幼安，三国时隐士，山东临朐人，曾避难于辽东，以清操著称。

赠答赵仁甫〔一〕

南冠[①]牢落[②]坐贫居，却为穷愁解著书。

但见室中无长物，不闻门外有轩车。

六朝人物风流在，两月燕城笑语疏。

寒士欢颜[③]有他日，晚年留看定何如。

〔一〕赵复，字仁甫，云梦人。姚枢在江汉，拥之北行，为元儒宗。

① 南冠：南方楚人的冠名，后作羁囚的代称。② 牢落：寥落、孤寂的样子。③ 寒士欢颜：化用杜甫《茅屋为秋风所破歌》："大庇天下寒士俱欢颜"之句。寒士，即社会地位低下、生活贫苦者。

郁郁

郁郁羁怀不易开，更堪寥落动凄哀。
华胥梦[1]破青山在，梁甫吟成白发催。
秋意渐随林影薄，晓寒都逐雁声来。
并州近日风声[2]恶，怅望乡书早晚回。

①华胥梦：指仙境，理想的境地，又指帝王德化治国。②风声：传出来的消息。

秋日载酒光武庙[1]

美酒良辰邂逅同，赤眉城[2]北汉王宫。
百年星斗归天上，万古旌旗在眼中。
草木暗随秋气老，河山长为昔人雄。
一杯径醉风云地，莫放银盘上海东。

①光武庙：东汉光武帝刘秀兴建，在今河南宜阳。②赤眉城：古城名，故址在今河南许昌。西汉更始二年（24），琅琊郡赤眉军首领樊崇率起义军西进长安，曾在此驻扎并筑城，后人称该城为赤眉城。

寄刘光甫

山泽臞儒[1]亦自豪，尘埃俗吏岂胜劳。
陶潜贫里营三径[2]，潘岳秋来见二毛[3]。

刍狗[4]已陈甘自弃，辕驹[5]未脱欲安逃。

因风寄谢刘夫子，极口推称恐太高。

① 臞（qú）儒：隐居不仕之人。臞，瘦。② 三径：隐士居处的代称。③ 二毛：头发黑白相间。④ 刍狗：用草扎成的狗，供祭祀之用。比喻轻贱无足轻重之物，此指功遂身退符合天道之意。⑤ 辕驹：车辕下驾车马。

过皋州寄聂侯〔一〕

涧冈重复[1]并湍流，斜日黄榆岭上头。

地底宝符[2]临赵国，眼中佛屋[3]见皋州。

云沙浩浩雁良苦，木叶萧萧风自秋。

别后故人应念我，一诗聊与话离忧[4]。

〔一〕平定州乐平县，兴定四年升为皋州。聂珪以土豪归国，帅平定者最久，雅亲文儒，遗山过之，为数日留。

① 重复：再次出现。② 宝符：古时迷信避邪驱鬼的符箓。③ 佛屋：洞窟内佛像。④ 离忧：离人的忧愁。

丙辰九月二十六日挈家游龙泉

风色澄鲜称野情[1]，居僧闻客喜相迎。

藤垂石磴云添润，泉漱山根玉有声。

庭树老于临济寺，霜林浑是汉家营[2]。

明年此日知何处，莫惜题诗记姓名。

① 野情：野外游赏的兴致。② 汉家营：此借指宋朝军队。

病中感寓①赠徐威卿，兼简曹益甫、高圣举〔一〕

读书略破五千卷，下笔须论二百年。
正赖天民有先觉，岂容文统②落私权。
东曹掾属③冥行废，乡校迂儒自圣癫。
不是徐卿与高举，老夫空老④欲谁传。

〔一〕先生绝笔。

① 感寓：寄托感慨。② 文统：以孔子为代表的儒家思想。③ 掾（yuàn）属：诸曹事务的主掌者，即佐治的官吏。④ 空老：白白地老去。